이 책은 다시 나를 시작하려는

의

이야기입니다.

이제, 나의 시간이 시작됩니다.

년   월   일

내가 나를 돌보는 첫 번째 기록

THE STORY OF ME

내가 나를
잘 돌보는 중입니다

내가 나를 잘 돌보는 중입니다

오늘도 나를 지키는
고전 필사 노트

류대성 지음

초록비책공방

지금은 나를 돌보는 시간
한 문장씩 나를 사랑하는 법

한 아이가 자라 어른이 되었습니다. 지나간 시간은 돌아오지 않고
오늘도 얼마 남지 않았습니다. 그래서 '나'로 살기 위한 시간을
마련했습니다. 칭찬과 격려, 공감과 위로, 배려와 나눔 등 바로 지금,
여기에 나를 위한 문장들이 기다립니다.

인생은 단 한 번뿐이라서 모든 게 서툴고 낯설게 느껴집니다.
되돌아갈 수 없는 시간 앞에서 문득, 남은 삶이 막막하고 두렵게
다가오기도 하지요. 내가 선택할 수 없는 삶의 조건들, 사람들과의
관계, 그리고 꿈꿔야 하는 미래까지 – 지금 나는 어디쯤, 어떤
모습으로 이 자리에 서 있는 걸까요?

미국의 사회학자 데이비드 리스먼은 『고독한 군중』에서 현대인의

성격을 '전통지향형'과 '내부지향형' 그리고 '타인지향형'으로
나눴습니다. 아마 지금 우리 대부분은 '타인지향형'일 거예요. 주변
사람들의 기대와 시선에 맞춰 삶의 목표도 바뀌고 나아갈 길도
달라지곤 하니까요. 하지만 그렇게 살아가다 보면 언젠가 문득,
'진짜 나'를 잃어버렸다는 걸 느낍니다. 나는 과연 어떤 삶을 살고 싶은
걸까요?

우리는 가끔 내게 상처 주는 사람들, 불공정한 세상에 분노하기도
합니다. 그럼에도 불구하고 우리는 우선 '나'를 돌봐야 합니다. 타인을
향한 관심과 애정을 이제는 나에게 돌려야 합니다. '타인지향형'이
아니라 내면의 목소리에 귀 기울이는 '내부지향형'으로 살아가기 위해
적절한 침묵과 혼자만의 시간이 필요합니다. 나를 위로하고 돌보는
그 순간이 오늘보다 나은 내일로 이어질 테니까요.

나이도, 성별도, 직업도 다르지만 사람들의 고민은 참 비슷합니다.
모두가 자기 정체성에 대해 혼란스러워하고 마음 깊은 곳에 자리잡은

불안과 함께 살아갑니다. 우리는 외로움과 고독, 사랑과 우정,
갈등과 욕망 속에서 헤매기도 합니다. 또한 자유와 평등, 공정과
정의 같은 가치들을 고민하며 하루하루 조금씩 어른이 되어갑니다.
그렇게 우리는 삶과 죽음, 인생과 운명에 관해 더 깊이 생각하게 되죠.

이 책은 그런 생각들을 네 가지 주제로 나누어 담았습니다.
그리스와 동양의 고전은 물론 문학과 철학, 정치, 사회, 경제
분야에서 오랫동안 사랑받아 온 문장들을 어제의 나를 돌아보며
오늘을 살아가고 내일의 나를 준비하는 시간이 되기를 바라는
마음으로 골랐습니다. 그 문장들은 모두 '지금-여기'를 살아가는
당신을 위한 거예요. 천천히, 한 글자 한 글자 손으로 따라 쓰는 동안
당신의 마음이 조금씩 깊어지고 단단해지길 바랍니다.

문장을 옮겨 적은 후엔 잠시 멈춰 나에게 집중해 볼 수 있는 질문을
건넸습니다. 정답은 없습니다. 중요한 건 나를 들여다보고 나를
이해하는 그 시간입니다. 지금 괜찮은지, 잘 살아가고 있는지

스스로에게 물어보세요. 그렇게 조금씩 변해가는 나를 마주하며
성숙한 내일을 위해 오늘을 준비해 봅니다.

후회 없이 살아가기 위해, 한 문장씩 써 내려가며 나를 돌보는 시간.
그 시간이 당신에게 따뜻한 힘이 되어주기를, 한 글자 한 글자 손으로
베껴 쓴 당신의 시간과 마음의 여정이 더 나은 삶을 향한 작은 발걸음이
되길 바랍니다. 문장을 따라 쓰는 데서 멈추지 않고 계속해서 책을 읽고
글을 쓰며 살아가는 당신이 되기를. 그렇게 나를 돌보고 나만의 별을
향해 걸어가는 사람이 되기를 진심으로 응원합니다.

류대성

차례

 1부　　## 흔들리며 살아가는 나를 위하여

2부 사람과 사람 사이에서 서성이는 나날

3부 자유롭고 평등한 세상을 향한 외침

4부 언젠가 떠날 우리를 위한 생각들

1부

✳

흔들리며

살아가는

나를 위하여

삶은 때때로 너무 복잡하고 불안하며 마음속은 알 수 없는 감정들로 가득합니다. 나만의 고통과 슬픔, 고민과 갈등을 누군가에게 털어놓아도 정답 없는 문제집을 풀어가는 일처럼 답답하고 막막할 때가 많습니다. 결국은 스스로 결정을 내려야 할 순간이 찾아오지요.

1부는 '나'에게 조금 더 가까이 다가가는 문장들을 담았습니다. 시간이 아무리 흘러도 우리가 겪는 삶의 고민은 크게 달라지지 않습니다. 그래서 삶의 목적이나 방향도 중요하지만 결국 나라는 사람을 말해 주는 것은 '태도'일 때가 많죠. 어떤 마음으로 하루를 보내고 어떤 자세로 사람을 대하며 살아가는지가 내 인생을 천천히, 하지만 분명하게 만들어 갑니다.

노력과 신중함, 젊음과 두려움, 침묵과 양보, 고독과 가능성, 그리고 가끔은 오만함까지 이 모든 감정과 생각을 껴안으며 우리는 조금씩 어른이 되어갑니다. 이 책에 담긴 문장들을 따라 쓰며 내 말과 행동, 생각과 시선을 다시 한 번 돌아보는 시간을 가져보세요. 세상의 기준보다, 타인의 시선보다 거울 속의 나, 내 마음속의 '진짜 나'에게 집중해 보는 겁니다. 흔들리더라도 다시 중심을 찾고 단단해질 수 있도록 지금 이 순간, 천천히 한 문장씩 필사를 시작해 보세요. 그 시간은 분명, 당신에게 따뜻한 힘이 되어 줄 거예요.

Day
001

앞날을 누가 알겠어? 어쩌면 오늘은 운이 좋을지도 몰라.

매일 매일이 새로운 날이니까. 행운이 따르면 더 좋겠지.

하지만 무엇보다 정확하게 하는 게 중요해.

그래야 행운이 왔을 때 그걸 잡을 수 있지.

— 어니스트 헤밍웨이, 『노인과 바다』

낚시를 좋아하던 바다 사나이 헤밍웨이의 덥수룩한 수염이 떠오르는 문장입니다. 인간은 파멸할지언정 패배할 수는 없다는 말을 온몸으로 실천한 산티아고 노인의 목숨을 건 행동에 대한 평가는 각자 다를 수 있습니다. 헤밍웨이는 무기력하고 소극적인 사람들을 향해 삶의 태도를 돌아보라고 충고합니다. 운은 저절로 오지 않으며 기다리고 만드는 자의 것입니다. 매일 매일 성실한 태도로 집중하는 건 쉽지 않지만 언제나 옳습니다.

1부. 흔들리며 살아가는 나를 위하여

지금 당장 하고 싶은 것이 있다면 무엇인가요?

가능성을 얻으라, 가능성을 얻으라,
가능성이 유일한 구원이다.
하나의 가능성, 그것만 있으면
절망에 빠진 자는 숨을 쉬고 소생한다.

— 쇠렌 키르케고르, 『죽음에 이르는 병』

실존주의 철학의 선구자로 평가받는 키르케고르는 82세로 세상을 떠날 때
까지 존재의 불안과 실존 문제를 깊이 탐구했습니다. 이 문장에서 그는 절
망에 빠진 사람에게 '가능성'이 얼마나 중요한지 강조합니다. 절망은 삶의
의미를 잃고 방향을 잃은 상태를 의미하며 이러한 상태에서 벗어나기 위해
서는 새로운 가능성, 즉 작은 희망의 불씨라도 찾아보라고 격려합니다. 아
무리 힘든 상황이어도, 아주 작은 가능성만 있어도 우리는 다시 일어설 수
있습니다. 그 가능성이 우리에게 숨 쉴 공간을 마련해 주고 다시 살아갈 힘
을 준다는 의미입니다.

당신에게 있어 살아가는 의미는 무엇인가요?

사람들에게 칭찬받으면 마음속이 달콤해지는 것이 우리가 타고난
천성이다. 그러나 우리는 그것을 너무 중요하게 생각한다.
나는 남이 나를 어떻게 생각하건 대수롭지 않게 여긴다.
그것은 내가 자신에게 어떻게 보이는지 걱정되지 않는 것과 같다.
나는 남의 것을 빌리지 않고 스스로 부유해지려고 노력한다.
타인은 밖으로 드러나는 모습과 사건밖에 보지 못한다.
각자 속으로는 열병과 공포심으로 가득하면서 겉으로는
태평한 얼굴을 보일 수 있다. 그들은 내 마음을 보지 못한다.
그들은 내 겉모습밖에 보지 못한다.

— 미셸 드 몽테뉴, 『몽테뉴 수상록』

우리가 알고 있는 '에세이'의 시작이 바로 몽테뉴의 『에쎄Essais』입니다.
3권 107장으로 구성된 방대한 분량의 몽테뉴의 수상록은 한글 번역본이
1,200여 쪽이나 되지요. 이 문장에서 몽테뉴는 인간이 타인의 시선에 민감
하게 반응하는 본성을 지녔으나 내면에 집중하라고 요구합니다. 자신이 추
구하는 진정한 가치가 무엇인지 겉으로 드러나지 않아 남들은 겉모습밖에
보지 못할 때가 많습니다. 그러니 타인의 시선에 지나치게 신경 쓰지 말고
'스스로 부유해지려고 노력'하는 일 외에 다른 방법은 없습니다.

남들이 모르는 내 안의 콤플렉스는 무엇인가요?

004

활을 가진 자들은 필요할 때만 활을 당기는 법이오.

활을 늘 당긴 상태로 두면 활이 부러져 정작 활이 필요할 때는

쓸 수 없게 된다오. 사람의 일도 그와 같소.

인간도 늘 진지하기만 하고 하찮은 일로 전혀 긴장을 풀어주지

않으면 자신도 모르게 미치거나 멍청해질 것이오.

나는 그것을 알기에 그 두 가지 모두에

시간을 할애하고 있는 것이오.

— 헤로도토스, 『역사』

역사의 아버지로 일컫는 헤로도토스는 '기록하는 인간'의 탄생이라 할 만큼 페르시아 제국과 고대 그리스의 전쟁을 중심으로 당대의 역사와 풍속을 상세히 기록했습니다. 이 문장은 이집트의 왕 아마시스가 친구들에게 자신의 생활 방식을 설명하면서 사용한 비유로 활을 늘 당긴 상태로 두면 활이 부러져 정작 필요할 때 사용할 수 없게 되듯이 인간도 항상 긴장된 상태로만 있으면 지치고 무너질 수 있으므로 적절한 휴식과 여유가 필요하다는 교훈을 담고 있습니다. 지속적인 긴장과 스트레스는 오히려 생산성과 창의성을 저하시킬 수 있으니 적절한 휴식과 여유를 가져보는 것은 어떨까요?

당신은 어떻게 긴장과 스트레스를 풀고 있나요?

가장 좋은 것은 물과 같다.

물은 만물을 아주 이롭게 하면서도 다투지 않는다.

물은 모든 사람이 싫어하는 낮은 곳에 머물기를 좋아한다.

그러므로 도에 가깝다.

— 노자, 『도덕경』

옛 성현들의 가르침은 도저히 현실에서 실천하기 어려워 보입니다. 물은 낮은 곳을 먼저 채우고 조금씩 차오릅니다. 이 문장은 도道를 얻으려면 물과 같아야 한다는 주문입니다. 하지만 사람은 만물을 이롭게 하면서 다투지 않고 살아가기 어렵지요. 낮은 자세로 배우고 익히며 타인을 배려하는 태도로 인생을 산다면 잃는 것보다 오히려 얻는 게 많다는 걸 깨닫는 데 한평생이 걸리기도 합니다.

당신은 무엇을 위해 희생하고 봉사할 수 있나요?

하지만 나는 두려움 속에 웅크리고 있지는 않겠어.

전율은 인간이 느끼는 최고의 상태,

세상이 제아무리 인간에게 그런 감정을 허락하지 않는다 해도

인간이 그것을 느낀다면 위대한 것을 받아들일 수 있어.

— 요한 볼프강 폰 괴테, 『파우스트』

『파우스트』 제1부의 '밤' 장면에서 파우스트가 말하는 대사입니다. 그는 인간이 느낄 수 있는 최고의 감정은 전율Schaudern이며 이러한 감정을 통해 인간은 위대한 것을 이해하고 받아들일 수 있다고 말합니다. 여기서 말하는 전율은 단순한 두려움이 아니라 경외감과 감동. 존재의 깊이를 느끼는 고양된 감정 상태를 말합니다. 파우스트가 메피스토펠레스에게 영혼을 팔아서라도 알고 싶었던 인생의 비밀이 바로 '전율'의 순간이 아니었을까 싶습니다. 내 삶의 지향점이 확실하면 남들과 나를 비교하지 않는 법입니다.

인생에서 가장 전율했던 순간은 언제였나요?

Day
007

한 번이라도 가난하고 고독한 신세를 경험해 본 사람은
시간이 지난 다음에도 타인의 가난과 고독을 더 잘 이해한다.
우리는 타인의 불행, 타인의 굴욕, 타인의 고통, 타인의 무력함,
타인의 죽음을 조금도 덜어주지 못하므로 최소한 타인을
이해하는 법이라도 배워야 한다.

— 로베르트 발저, 『산책자』

우아하면서도 통렬한 풍자를 읽을 수 있는 스위스의 대표 작가 로베르트
발저는 빈센트 반 고흐처럼 사후에 뒤늦게 주목받았습니다. 상점 점원. 서
기 등의 직업을 전전했던 은둔형 작가여서 그런지 가난과 고독에 관한 글이
독자의 마음 구석구석에 닿습니다. 발저는 이 문장을 통해 개인적인 고통
의 경험이 타인의 고통을 이해하는 데 얼마나 중요한지를 강조합니다. 가난
과 고독을 겪어본 사람은 다른 이들의 비슷한 상황에 더 깊이 공감할 수 있
다는 뜻이죠. 그는 우리가 타인의 불행이나 고통을 직접 해결해 줄 수는 없
지만 최소한 그들의 상황을 이해하고 공감하는 자세를 가져야 한다고 말
합니다.

가난이나 고독을 경험했다면
그것은 당신 삶에 어떤 변화를 가져왔나요?

27

아! 젊을 때 당신의 젊음을 깨달으시오.

쓸데없는 것에 귀 기울이거나 희망 없는 실패를 만회하려

발버둥 치거나, 아니면 무지한 사람들, 평범한 사람들, 저속한

사람들에게 당신의 삶을 내주면서 당신의 황금 시절을

헛되이 낭비하지 마시오.

그 모든 건 다 우리 시대의 감상적인 목적이고 그릇된 이상에

불과하오. 당신의 삶을 사시오!

당신 안에 있는 경이로운 삶을 살란 말이오!

— 오스카 와일드, 『도리언 그레이의 초상』

오스카 와일드는 당대 유럽과 미국을 넘나드는 최고의 셀럽이었으나 동성애로 감옥에 갇히기도 했습니다. 그는 젊음이 인생에서 가장 소중한 시기이며 그 시간을 무의미하게 보내지 말고 자신 안에 있는 삶의 열정을 최대한 발휘하며 살아야 한다고 말합니다. 젊음에 대한 찬미와 자기 삶의 주인이 되라는 이 호소는 작가의 삶과 겹치는 부분이 많아 보입니다. 생각보다 우리에게 남은 시간은 많지 않을 수도 있습니다. 그렇다면 앞으로 남은 삶에서 가장 젊은 날인 오늘을 우리는 어떻게 살아야 할까요?

당신은 무엇을 할 때 가장 즐겁고 행복한가요?

"누구든 남을 비판하고 싶을 때면 언제나 이 점을 명심해라."
아버지는 이렇게 말씀하셨다.
"이 세상 사람이 다 너처럼 유리한 처지가 아니라는 사실을
말이다."

— 프랜시스 스콧 피츠제럴드, 『위대한 개츠비』

본격적인 자본주의가 미국과 유럽을 휩쓸기 시작한 건 20세기 초부터입니
다. 성공에 대한 야망이 큰 빈농 출신 개츠비는 돈을 좇아 떠난 데이지를 다
시 만났으나 그녀는 예전의 그녀일 수가 없습니다. 소설의 화자 닉 캐러웨
이가 어렸을 때 부친에게 들었다는 이 조언은 사람을 판단하기 전에 그들의
처지와 배경을 이해하려는 태도가 중요하다는 것을 강조합니다.

당신이 가진 직업, 경제력, 사회적 지위는
오로지 개인의 능력으로만 이룬 걸까요?

31

나는 어둠 속을 홀로 걸어가는 사람처럼

아주 천천히 가자고, 모든 일에 신중해지자고,

그래서 아주 조금밖에 나아가지 못한다고 해도

적어도 넘어지는 것만은 제대로 경계하자고 결심했다.

— 르네 데카르트, 『방법서설』

"나는 사유한다. 그러므로 나는 존재한다."라는 말로 근대 철학의 문을 연 데카르트는 인간이 자율적이고 합리적인 주체라고 생각했습니다. 그는 기존의 지식과 신념을 무작정 버리기보다 신중하고 체계적인 방법으로 진리를 탐구해야 한다고 강조합니다. 어둠 속을 걷는 사람처럼 조심스럽게 한 걸음씩 나아가야 실수를 피하고 올바른 길을 찾을 수 있다고요. 생각하는 능력과 인식하는 방법에 있어 모든 사람이 똑같지는 않습니다. 어둠 속에서 홀로 길을 찾아 나가듯 신중하게 천천히 앞으로 나아가야 하는 건 사유의 세계뿐만 아니라 인생길도 마찬가지입니다. 여러분도 부디 넘어지지 않기를 바랍니다.

성급하게 결정해서 후회한 일이 있나요?

허영과 오만은 종종 동의어로 쓰이지만 그 뜻이 달라.

사람은 허영심이 없으면서도 오만할 수는 있지.

오만은 우리가 스스로를 어떻게 생각하느냐에 더 관련 있고,

허영은 다른 사람들이 우리를 어떻게 생각해 주었으면 하는 것과

더 관련이 있지.

─제인 오스틴, 『오만과 편견』

엘리자베스 베넷을 연기한 키이나 나이틀리의 연기에 매료되어 영화 〈오만과 편견〉을 여러 번 봤습니다. 여러분도 소설보다 드라마와 영화로 먼저 만난 분이 많을 겁니다. 19세기 여성에게 사랑과 결혼의 의미는 현재와 차이가 많았을 겁니다. 제인 오스틴은 이 소설에서 인물의 심리와 여성의 내면을 섬세하게 묘사합니다. 이 문장은 오만pride과 허영vanity을 섬세하게 구분해서 인간 심리를 날카롭게 꿰뚫고 있습니다. 제인 오스틴 특유의 통찰이 잘 드러나는 부분입니다.

다른 사람들이 당신을 어떻게 생각해 주었으면 좋겠나요?

말을 많이 하고 생각도 많이 하는 것이 마음에 가장 해로우니

할 일이 없으면 조용히 앉아 마음을 보존하고 남들을 대할 때는

마땅히 말을 가려 간결하고도 신중하게 해야 한다.

적절할 때만 말하면 말이 간결하지 않을 수 없으니

말이 간결한 자는 도에 가까워진다.

— 이이, 『격몽요결』

조선 시대 대표적인 유학자로 명성을 떨친 율곡 이이가 관직에서 물러나 아이들에게 신중한 언행과 내면의 수양을 키우고자 교육용 입문서로 쓴 책이 바로 『격몽요결』입니다. 이 문장은 말과 생각을 절제하고 내면을 가다듬는 삶의 자세를 강조합니다. 글과 달리 말은 다시 고치기 어려우니 항상 신중하고 조심해야 합니다. 예나 지금이나 '말 한마디'의 중요성은 아무리 강조해도 지나치지 않습니다.

지금까지 살면서 한 말 중에
가장 후회스러운 말은 무엇인가요?

어른이 된 새가 더 이상 껍데기 속에 갇혀 살 수 없듯이
내면의 법칙에 따라 스스로 삶을 꾸려 가는 사람은
외적인 권위의 법칙에 얽매여서 단 하루도 살지 못한다.
반대로 올바로 처신할 줄 모르는 사람은
자신을 보호해 주는 껍데기를 빼앗긴 알 속의 새끼 새처럼
자유로운 체제에서 더 이상 살지 못한다.

ー 샤를 와그너, 『단순한 삶』

20세기 초 미국에서 '심플라이프'는 사회적 현상으로 자리 잡았죠. 프랑스에서 신앙 활동과 자선사업에 힘썼던 샤를 와그너는 아내와 함께 바스티유 빈민가 작은 아파트에서 검소하게 살았습니다. 그는 인간의 삶은 소박하고 단순해야 오히려 평화와 행복을 느낄 수 있다고 말합니다. 자기 주도적인 삶과 내면의 성찰을 강조하는 이 문장은 자기 신념과 가치에 따라 사는 사람은 외부의 강요나 규범에 얽매이지 않으며 자율성과 책임감을 갖추지 못한 사람은 자유로운 환경에서도 제대로 살아가기 어렵다는 가르침을 전하고 있습니다. 현대인에게 정말 필요한 덕목이 아닐까 싶습니다.

지금까지 살면서 한 일 중에
스스로 가장 자랑스러운 일은 무엇인가요?

인내, 온유, 체념, 청렴, 공평무사한 정의 같은 덕목들은
죽음이 그 가치를 빼앗을까 두려워할 필요 없이 자신과 함께
가지고 갈 수 있는 자산이다.
이런 덕목은 끊임없이 쌓아나갈 수 있으며 나는 이제 남은 노년을
이 단 하나의 귀중하고 유익한 공부에 바치려 한다.
내가 삶을 시작했을 때보다 더 완벽하진 않더라도
더 덕성 있는 모습으로 삶을 마칠 수 있다면 그것만으로도 충분히
행복할 것이다.

— 장 자크 루소, 『고독한 산책자의 몽상』

루소는 자연이 인간을 행복하고 선하게 만들었으나 사회가 인간을 타락시
키고 비참하게 만든다고 생각했습니다. 이 문장은 루소가 노년기에 자신의
내면을 성찰하며 덕성을 쌓는 삶의 중요성을 강조하는 부분에 나오며 인간
의 삶에서 정작 중요한 가치가 무엇인지 생각해 보게 합니다. 루소는 인생
의 진정한 자산은 외적인 성공이 아니라 인내, 온유, 체념, 청렴, 공평무사한
정의와 같은 내면의 덕성이라고 보았습니다. 각자 자기 삶에서 가장 소중한
가치가 무엇인지 생각해 보는 시간이 되길 바랍니다.

당신이 생각하는 최고의 덕목은 무엇인가요?

Day
015

생존 투쟁에 대해 곰곰이 생각해 볼 때

우리는 다음과 같은 사실로 스스로 위로할 수 있다.

자연의 전쟁은 늘 지속되는 것이 아니며

죽음은 대부분 순간적이고 두려움을 느낄 새도 없이 찾아온다.

결국 살아남아 번영하는 것은 건강하고 활기차며 행복한

존재들이다.

— 찰스 다윈, 『종의 기원』

신이 인간과 자연을 창조했다는 상식이 통용되던 시대에 찰스 다윈의 혁명적 주장은 세상을 놀라게 했습니다. 다윈은 자연에서의 생존 경쟁이 항상 극단적인 전쟁이나 고통스러운 과정만은 아니라고 말합니다. 많은 경우 생물들은 자신의 환경에 잘 적응하여 평화롭게 살아가며, 건강하고 활기찬 개체들이 자연스럽게 생존하고 번식합니다. 이러한 과정에서 자연선택이 이루어지며 종의 특성이 유지되거나 발전하게 된다고 말하죠.

건강하고 행복한 삶을 추구하는
당신만의 생존 비법은 무엇인가요?

확실하게 내가 아는 한 가지는 사람들이 제각각 자기 안에
페스트를 지니고 있다는 것입니다. 왜냐하면 그 누구도 피해를
당하지 않은 사람이 없기 때문입니다.
늘 스스로 살펴야지 자칫 방심하다가 남의 얼굴에 입김을 뿜어서
병균을 옮길 수 있습니다.

— 알베르 카뮈, 『페스트』

아주 오래된 일인듯 싶지만 우리는 코로나COVID-19 시절을 기억합니다. 전
세계를 공포에 몰아넣는 감염병은 인류 역사에서 계속 반복됩니다. 알베르
카뮈는 가상 도시 '오랑'에 페스트가 퍼진 상황을 실감 나게 그렸습니다. 마
치 21세기 코로나 사태를 예견하듯 감염병보다 우리 안에 숨어 사는 편견과
차별, 배제와 혐오 같은 보이지 않는 치명적인 바이러스를 조심하라고 경고
하는 듯합니다.

> ── 다른 사람이 보는 나와 내가 보는 나는 같나요? ──
> 다르다면 어떻게 다른가요?

우리는 사실 자신에게 필연적으로 낯선 존재다.

우리는 자신을 이해하지 못하며 자기를 혼동하지 않을 수 없다.

'모든 사람은 자기 자신에게 가장 먼 존재다'라는 명제는

우리에게 영원한 의미를 지닌다.

우리는 자신에게 스스로 '인식하는 자'가 아니다.

— 표도르 도스토옙스키, 『카라마조프가의 형제들』

사실 우리는 자기 자신을 잘 안다고 착각하지만 실은 가장 알기 어려운 존재가 바로 나 자신입니다. 내가 어떤 사람인지 왜 그런 생각을 하는지 왜 그런 감정을 느끼는지 정확히 이해하기란 어려운 일이죠. 그래서 도스토옙스키는 '모든 사람은 자기 자신에게 가장 먼 존재다'라고 말합니다. 우리는 늘 나를 이해하려 애쓰지만 어쩌면 불가능한 일인지도 모릅니다. 자기 자신조차 혼란스럽고 복잡하게 느껴질 때가 많잖아요. 그건 아주 자연스러운 일입니다.

나를 가장 잘 아는 사람은 누구인가요?

내 속에서 솟아 나오려는 것,

바로 그것을 나는 살아보려고 했다.

그러기가 왜 그토록 어려웠을까?

— 헤르만 헤세, 『데미안』

헤르만 헤세는 정규 교육을 거부하고 고서점 점원으로 일하며 책을 읽고
글을 썼습니다. 1차 세계대전 중 반전. 평화를 외치다 극우세력의 비난을
받자 에밀 싱클레어라는 가명으로 『데미안』을 출간하죠. 하나의 세계를 깨
뜨리지 않고 머무는 사람은 온전히 '나'로 살기 어렵습니다. 자기 삶의 주인
공이 되기 위해서는 상반된 두 세계의 끝없는 갈등을 견뎌내야 합니다. 우
선 내 안에서 솟아 나오려는 것이 무엇인지 들여다봐야 합니다.

'나답게' 산다는 건 어떤 의미이며
그것은 왜 그토록 어려울까요?

네게 일어나는 모든 일은 본성상 참을 수 있거나 아니면 참을 수
없다. 따라서 본성상 참을 수 있는 일이 일어난다면 불평하지 말고
네 본성에 따라 참도록 하라.

그러나 본성상 참을 수 없는 일이 일어나더라도 역시 불평하지
마라. 그 일은 너를 없앤 뒤 저도 없어질 것이기 때문이다.

— 마르쿠스 아우렐리우스, 『명상록』

로마 제국 16대 황제 아우렐리우스가 살던 기원전에도 사람은 크게 다르지
않았나 봅니다. 참을 수 있는 일과 참을 수 없는 일은 사람마다 다릅니다.
그 기준이 '본성'이라고 할 수도 있으나 지식과 경험과 태도에 따라서도 바
뀌죠. 내 안에는 수많은 내가 살고 있습니다. 무조건 참으라는 조언처럼 들
리는 『명상록』의 이 문장에 공감하기 어려울 수도 있습니다. 하지만 한 번 더
생각하면 견디지 못하는 '나'가 다칠 수도 있다는 조언으로 들리지 않나요?

당신은 어떤 일 또는 어떤 사람을 참을 수 없나요?

자만심이 강하고 자기 자신의 한계를 모르는 사람은 자기 자신이
가장 잘 이해할 수 있는 것이 최상의 진리라고 생각한다.

•

사람은 누구나 자신의 어리석음을 알 수 있을 만큼 충분하게
영리하지만, 그것을 솔직하게 인정할 만큼 충분히 정직한 사람은
많지 않다.

•

가장 큰 삶의 권태는 그만큼 커다란 삶의 욕망에서 생겨난다.
태양이 식물을 가장 번성하게 만드는 것과 같이 모든 식물을
시들게 하는 가장 큰 이유는 태양 때문이다.

ー 루 안드레아스 살로메, 『나의 길 사랑의 길』

철학자 프리드리히 니체의 청혼을 거절하고 서정시인 라이너 마리아 릴케의
뮤즈였으며 정신분석학자 지그문트 프로이트와 우정을 나눴던 루 살로메
는 소위 다 가진 여자였습니다. 외모뿐만 아니라 탁월한 글솜씨와 예술적
감각으로 유럽 최고의 지성인들을 매혹했죠. 그녀가 남긴 아포리즘은 시대
를 뛰어넘어 인간의 내면을 예리하게 분석합니다. 삶에 대한 열정과 지적 호
기심은 루 살로메의 가장 큰 매력이 아니었을까 싶습니다.

나의 욕망과 한계를 확인하려면 어떤 태도가 필요할까요?

Day
021

고독하고 말 없는 사람이 관찰한 사건들은 사교적인 사람보다
모호한 듯하면서도 집요한 데가 있다.

그런 사람의 생각은 더 무겁고 더 묘하면서 약간의 슬픔이 느껴진다.

그에게는 한 번의 눈길이나 웃음, 의견 교환으로 쉽게 넘어갈 수
있는 모습이나 감각들도 지나치게 신경 쓰이고, 침묵 속에 깊이
파고 들어가서는 중요한 체험과 모험과 감정들로 변한다.

고독은 본질적인 것, 과감하고 낯선 아름다움, 그리고 시를
만들어 낸다. 하지만 고독은 또한 거꾸로 된 것, 불균형적인 것,
그리고 부조리하고 금지된 것의 원인이 되기도 한다.

— 토마스 만, 『베네치아에서의 죽음』

요한 볼프강 폰 괴테가 18세 소년 레페초를 사랑한 실제 이야기를 모티브
로 한 중편 소설의 한 구절입니다. 고독한 사람의 내면과 시선이 얼마나 섬
세하고 깊은지를 설명하고 있지요. 고독하고 말 없는 사람은 겉으로는 조
용해 보여도 사건이나 감정을 깊고 집요하게 관찰합니다. 사교적인 사람보
다 더 미묘하고 복잡하게 세상을 바라보죠. 하지만 고독이 너무 깊어지면
현실과 어긋나거나 불균형하고 위험한 생각으로 빠지기도 합니다. 즉 고독
은 창조와 감성의 원천이지만 외로움과 고립의 그림자도 함께 가지고 있는
양면적인 감정이라는 뜻입니다.

1부. 흔들리며 살아가는 나를 위하여

아버지 말씀만 옳고 다른 것은 다 틀렸다는 생각을
마음속에 품지 마세요. 누군가 자기만 현명하고,
언변과 조언에서 자기만 한 사람이 없다고 여긴다면
그런 사람이야말로 속이 비었다는 사실이 드러나지요.
현명한 사람이라도 항상 배워야 하고,
양보할 줄 아는 것은 수치가 아니에요.

— 소포클레스, 『안티고네』

안티고네는 오이디푸스와 이오카스테 사이에서 태어난 신화 속 인물입니
다. 오이디푸스는 아내 이오카스테가 자신의 생모라는 사실을 알고 두 눈
을 뽑아버리죠. 이 기구한 운명의 눈먼 사내는 안티고네의 아버지이자 오빠
입니다. 그의 방랑길에 동행한 딸이며 여동생인 안티고네는 오이디푸스만
큼 비극적인 여인입니다. 그럼에도 '내가 옳다'라고 고집부리는 아버지에게
조언을 아끼지 않습니다. 권위와 독선, 그리고 진정한 지혜의 의미에 대해
깊이 생각하게 합니다.

당신의 독선과 고집으로 후회했던 일이 있나요?

우리는 현재의 사건들로부터

미래의 사건들을 추론할 수 없다.

•

말할 수 없는 것에 관해서는 침묵해야 한다.

― 비트겐슈타인, 『논리-철학 논고』

비트겐슈타인의 『논리-철학 논고』는 마치 거대한 철학적 아포리즘의 수형
도 같은 구조를 이룹니다. 첫 번째 문장은 우리가 현재 일어나는 일들로부
터 미래를 확실하게 논리적으로 예측할 수는 없다고 말합니다. 과거 경험을
바탕으로 기대할 수는 있지만 그것은 논리적 필연이 아니라 습관에 의한 것
이라는 점을 강조합니다. 두 번째 문장은 비트겐슈타인의 가장 유명한 문
장으로 말로 명확히 표현할 수 없는 것들, 예를 들면 윤리, 종교, 초월적인
것들에 대해서는 논리적 언어로 말하려고 해봐야 의미가 없으며 차라리 침
묵해야 한다는 것입니다. 설명할 수 없는 것은 그냥 느끼고 받아들여야 한
다는 거죠.

**세상을 살아가면서 당신은 언제 침묵하며
그 이유는 무엇인가요?**

모든 게 지나간다는 것.

제가 지금까지 아비규환으로 살아온 소위 '인간'의 세계에서

단 한 가지 진리처럼 느껴지는 것은 그것뿐입니다.

모든 건 그저 지나갈 뿐입니다.

— 다자이 오사무, 『인간 실격』

『인간 실격』은 일본 작가 다자이 오사무가 1948년에 발표한 소설로 주인공 요조가 자신의 삶을 돌아보며 느낀 고통과 혼란을 담고 있습니다. 요조는 사람들과 어울리는 것이 어렵고 자신의 감정을 숨기기 위해 익살스러운 행동을 하며 살아갑니다. 그는 인간관계에서 상처받고 세상의 부조리함에 절망하면서도 결국 모든 것은 시간이 지나면 사라진다는 사실을 깨닫습니다. 이 문장은 요조가 겪은 고통과 혼란이 영원하지 않아 그나마 다행이라는 자신을 향한 위로입니다. 아무리 힘든 일도 결국은 지나가고 시간이 해결해 준다는 의미입니다.

過거의 상처 중 시간이 해결해 준 건 무엇이었나요?

Day
025

인간은 혼자 있을 때만 진정한 자신일 수 있다.

고독을 사랑하지 않는 자는 자유를 사랑하지 않는 자다.

오직 혼자일 때만 그는 진정으로 자유롭기 때문이다.

— **아르투어 쇼펜하우어,** 『**소품과 부록**Parerga und Paralipomena』

독일 철학자 쇼펜하우어는 비관적인 관점으로 인간 존재의 고통에 대한 깊은 통찰을 남겼습니다. 이 문장에서 쇼펜하우어는 인간이 진정한 자신이 되기 위해서는 혼자 있는 시간이 필요하다고 강조합니다. 다른 사람들과 함께 있을 때는 그들의 기대나 규칙에 맞추어 행동하게 되기 때문입니다. 하지만 혼자 있을 때는 그런 간섭 없이 자유롭게 생각하고 행동할 수 있죠. 따라서 고독을 사랑하지 않는 사람은 진정한 자유를 경험할 수 없다고 그는 말합니다. 쇼펜하우어의 이러한 사상은 19세기 유럽의 개인주의와 자유에 대한 관심이 높아지던 시대적 배경의 영향을 받았습니다.

당신은 혼자 있는 시간을 어떻게 활용하나요?
그 시간은 당신에게 어떤 의미를 지니나요?

2부

사람과 사람

사이에

서성이는 날들

한 사람이 평생 맺는 관계는 얼마나 될까요? 휴대폰 속 연락처를 슬쩍 들여다보면 생각보다 많은 이름이 담겨 있습니다. 하지만 우리는 잘 알고 있습니다. 숫자보다 더 중요한 건 그 안에 담긴 관계의 깊이와 서로를 얼마나 진심으로 바라보는가 하는 마음이라는 걸요. 관계는 우리가 살아가는 데 있어 행복과 외로움을 가르는 아주 중요한 열쇠가 됩니다. 살다 보면 타인에게 기대고 싶을 때도, 오히려 멀어지고 싶을 때도 있지만 결국 세상을 살아가는 건 사람과 사람 사이의 연결 속에서 이루어지니까요.

2부에는 사랑과 우정, 성공과 실패, 시간과 진실, 절제와 용기, 본능과 매너, 추억과 연민, 비밀과 무관심 등 관계와 마음에 대해 생각해 볼 수 있는 문장들을 담았습니다. 가까이는 사랑하는 사람, 가족, 친구부터 조금 멀게는 직장 동료, 동네 이웃, 그리고 매일 스치듯 마주치는 사람들까지 우리는 많은 사람과 함께 살아가고 있습니다. 하지만 내 뜻대로만 되는 관계는 거의 없죠. 다른 사람을 너무 의식해도 힘들고 내 마음만 고집해도 상처를 주기 쉽습니다. 사람마다 생각도 다르고 감정도 달라서 서로를 완전히 이해한다는 건 사실 좀 어려운 일인지도 모르지요. 그래서 지금까지 내 곁을 스쳐간 사람들, 여전히 내 삶에 머무는 사람들을 떠올리며 내 마음속에 어떤 변화가 있었는지 그 감정들을 조용히 들여다보는 시간이 필요합니다. 그게 바로 우리에게 필요한 관계 연습일지도 모르겠네요.

나를 증오하는 사람들을 사랑할 수는 있으나
내가 증오하는 자들을 사랑할 수는 없어.

— 레프 니콜라예비치 톨스토이, 『안나 카레니나』

소설은 읽지 않았어도 영화 『안나 카레니나』를 기억하는 사람은 많습니다.
전 세계인에게 사랑받는 톨스토이가 사랑의 본질에 관해 이야기하는 이 작
품에서 안나와 브론스키는 서로를 향한 뜨거운 열정을 멈출 수 없습니다.
통제 불가능한, 설명할 수 없는 둘의 '사랑' 때문에 주변 사람들이 상처를
받기도 합니다. 알렉세이 알렉산드로비치 카레닌 또한 아내 안나의 불륜으
로 깊은 배신감과 고통을 느끼며 이와 같이 말하죠. 도덕적 이상과 인간의
감정 사이에서 내면의 심리적 갈등을 잘 표현하고 있습니다.

사랑한다는 이유로 다른 사람에게 상처를 준 적이 있나요?

사랑받는 것,

그것은 허영심을 채우려는 구역질 나는 만족감에 다름 아니다.

행복은 살아야 하는 것이다.

그리고 아마도 사랑하는 상대에게 아무도 모르게

슬쩍 다가갈 수 있는 작은 기회들을 포착하는 것이다.

— 토마스 만, 『토니오 크뢰거』

노벨문학상 수상 작가이자 20세기 독일의 대표적인 작가인 토마스 만은 자
전적 소설인 『토니오 크뢰거』를 통해 자신의 작가로서 고민과 성장 과정을
그려냈습니다. 예술가이자 현실의 평범한 시민으로 살아가는 일은 결코 쉽
지 않습니다. 작가로서의 삶과 현실적 행복 사이에서 갈등했을 것입니다.
이 문장은 그러한 토마스 만의 내적 갈등과 현실의 고민을 담았습니다. 우
리처럼 평범한 시민들도 자기 만족감이나 사랑과 행복에 관한 생각을 놓고
살 수는 없습니다.

사랑받는 것과 누군가를 사랑하는 것 중
어느 쪽이 더 행복한가요?

우리는 왜 가망도 없는 일에 그리도 서둘러 성공하려고 기를
쓰는가? 어떤 이가 자기 벗들과 보조를 맞추어 걷지 않는다면
그것은 아마도 그에게 들리는 북소리 장단이 그의 동료들에게
들리는 북소리와 다르기 때문이리라.
운율이 그르든 멀리서 어렴풋이 들리든 각자 자신에게 들리는
음악 소리에 맞춰 걸음을 내딛자.

— 헨리 데이비드 소로, 『월든』

'한 사람의 열 걸음보다 열 사람의 한 걸음'이라는 말을 좋아합니다. 성공을
향한 집념과 노력도 중요하지만 자기 주변을 돌아보며 인생에서 소중한 게
무엇인지 먼저 고민해야 합니다. 헨리 데이비드 소로는 사회적 기준이나 타
인의 기대에 얽매이지 않고 월든 숲속에서 그 누구도 아닌 자기 삶을 성찰
했습니다. 사람은 각자 자기만의 속도와 리듬에 맞춰 살아가야 행복합니
다. 성공에 대한 조급함을 경계하고 자기만의 리듬에 따라 살아가라는 그
의 말은 지금도 여전히 유효합니다.

당신이 생각하는 성공한 삶이란 어떤 모습인가요?

모든 사랑은 무언가에 대한 필요와 외로움에서 시작한다.
사람이 아무런 부족함도 느끼지 못하고 외롭지도 않다면
결코 다른 사람을 사랑할 수 없다.

— 안드레이 플라토노프, 『귀향』

안드레이 플라토노프는 스탈린 체제에서 활동했던 작가입니다. 『귀향』은
2차 세계대전에 종군기자로 참전했던 경험을 바탕으로 쓴 소설이죠. 소설
속 이바노프 대위는 전쟁 후 가족에게 돌아왔지만 오랜 이별과 변화로 인
해 가족과의 관계에서 소외감을 느낍니다. 이러한 상황에서 그는 사랑의
본질에 대해 이와 같이 성찰하죠. 무언가 부족하고 외로운 인간에게 필요
한 유일한 위로는 타인에 대한 사랑이 아닌가 싶습니다.

외롭고 고독한 날 받고 싶은 위로의 말은 무엇인가요?

인간이 동물과 물질세계를 지배하는 법칙을 잘 안다고 해도
지금 자기 손에 들고 있는 빵 한 조각을 어떻게 처분해야 좋을지,
아내에게 주어야 하는지, 다른 사람에게 주어야 하는지,
개에게 주어야 하는지, 아니면 자기가 먹어야 하는지 잘 모른다.
즉 그 빵을 지켜야 하는지 아니면 필요한 사람에게 주어야
하는지에 관한 문제에 대해서는 아무도 가르쳐 주지 않는다.
하지만 인생이란 바로 이런 문제들, 혹은 이와 유사한 문제들을
해결하는 데 그 핵심이 있는 게 아닌가.

— 레프 니콜라예비치 톨스토이, 『인생에 대하여』

사람은 끊임없이 다른 사람과 무언가를 주고받습니다. 그것이 눈에 보이지
않는 마음이든 경제적 대가든 상관없습니다. 톨스토이는 인간이 과학과 기
술을 통해 자연을 이해하고 지배할 수 있게 되었지만 일상에서 마주하는 도
덕적 결정, 예를 들어 빵 한 조각을 어떻게 사용할 것인가에 대해서는 명확
한 지침을 얻기 어렵다고 말합니다. 하지만 인생에서 지키고 싶은 게 무엇인
지, 타인과 세상을 위해 나눠줄 수 있는 게 무엇인지와 같은 도덕적 선택이
야말로 삶의 핵심이며 인간은 이러한 문제를 스스로 고민하며 해결해 나가
야 한다고 말합니다.

당신이 소유하는 가장 소중한 것은 무엇인가요?
그것을 타인에게 줄 수 있나요?

내 생활은 단조로워. 나는 닭을 쫓고, 사람들은 나를 쫓고,
닭들은 모두 그게 그거고, 사람들도 모두 그게 그거고.
그래서 난 좀 지겨워. 그러나 네가 날 길들인다면 내 생활은
햇빛을 받은 듯 환해질 거야.

— 앙투안 드 생텍쥐페리, 『어린 왕자』

너무 유명해서 깊이 생각하지 않는 문장들이 있습니다. "가장 중요한 건 눈
에 보이지 않아.", "너는 네가 길들인 것에 대해 언제까지나 책임이 있어."
같은 문장들이 그렇습니다. 겉으로 보이지 않는 마음과 관계 맺는 방식이
사랑의 본질이라는 뜻일 겁니다. 여우는 어린 왕자에게 지루한 세상에서 길
들인다는 의미와 그것이 가져오는 특별함에 대해 이처럼 설명했습니다. 아
마도 그건 사랑이겠죠. 하지만 그보다 먼저 반복되는 일상에서 특별한 유대
를 맺고 싶은 대상부터 찾아야 하지 않을까요?

단조로운 생활에서 길들이고 싶은(특별한 관계를 맺고 싶은)
대상 혹은 사람이 있나요?

우리는 먼저 즐거움을 삼가는 일을 통해 절제 있는 사람이 되어야
한다. 절제 있는 사람이 되면 즐거움을 삼가는 일을 가장 잘할 수
있기 때문이다.

용기도 이와 비슷하다. 두려운 것들을 대수롭지 않게 여기며
그것들을 견뎌 내는 습관을 통해 우리는 용기를 얻는다.

가장 용감한 사람은 두려움을 잘 견디는 사람이다.

— 아리스토텔레스, 『니코마코스 윤리학』

『니코마코스 윤리학』은 아리스토텔레스가 아테네에 세운 〈리케이온〉에서
강의한 내용을 엮은 책으로 서양 윤리학의 기초가 되었습니다. 아리스토텔
레스는 덕은 습관에 의해 형성되며 절제나 용기 같은 덕목은 행위를 반복하
며 형성되는 중용中庸의 상태라고 설명합니다. 특히 용기는 두려움과 대담
함 사이에서 중간을 취하는 덕이며, 절제는 쾌락과 고통에 대한 올바른 태
도를 갖는 것이라고 말합니다.

당신에게 '절제'와 '용기'가 필요했던 순간은 언제인가요?

엘라이자, 중요한 비결은 나쁜 매너나 좋은 매너, 혹은 어떤
특별한 매너를 갖는 데 있는 게 아니야. 모든 인간의 영혼에게
똑같은 태도를 갖는 것이 핵심이지. 다시 말해 3등칸이 존재하지
않고 모든 영혼이 똑같이 소중한 천국에 있는 것처럼 행동하는
거야.

．

사랑이 열정이 아니라면 그건 사랑이 아니라 다른 것을 사랑으로
착각하는 거야. 그리고 열정은 서로 만족할 때 커지는 게 아니라
오히려 장애가 있을 때 더욱 커지는 법이지.

— **조지 버나드 쇼, 『피그말리온』**

조지 버나드 쇼는 신랄한 풍자와 철학적 깊이를 담은 대사로 세계적인 명성
을 얻은 희곡 작가입니다. 『피그말리온』은 계급, 언어, 교육, 인간 존엄성을
다루는 희곡으로 하층 계급의 꽃 파는 소녀 '일라이자'가 언어 교육을 통해
상류층 여성으로 변화하는 이야기를 담고 있는데요. 매너와 언어, 계급이
인간의 진짜 가치와 무관하다는 점, 그리고 사랑과 열정은 단순한 감정 이
상으로 복잡한 관계 속에서 형성된다는 점을 강조하고 있죠. 두 대사 모두
인간에 대한 존중과 평등, 그리고 사랑과 자아 인식의 본질을 잘 드러내는
명문장입니다.

당신이 존경하는 사람은 누구인가요?

깊이 생각해 볼 놀라운 사실 하나는

모든 인간이 서로에게 심오한 비밀이자 수수께끼라는 점이다.

밤에 대도시에 들어설 때 숙연하게 떠오르는 생각 하나는

저기 시커멓게 옹기종기 모여 있는 모든 집들이 나름대로 비밀을

품고 있으리란 것이다.

저곳에서 가슴 뛰는 수십만 심장들도 각자 생각 속에서

가장 가까운 심장에게조차 비밀스러운 존재라는 것이다.

― 찰스 디킨스, 『도시 이야기』

묘비명에 쓰인 대로 찰스 디킨스는 "가난하고 고통받고 억압받는 사람들의 지지자"였던 위대한 작가입니다. 이 소설은 프랑스 파리와 영국 런던을 배경으로 프랑스 혁명 시기를 다룹니다. 디킨스는 이 문장에서 인간 존재의 신비로움과 고립감을 강조합니다. 밤에 대도시에 들어서면 수많은 집들이 각자의 비밀을 품고 있고 그 안의 사람들 역시 서로에게 알려지지 않은 비밀을 지니고 있다는 사실을 상기시킵니다. 이는 인간이 서로를 완전히 이해하는 것이 불가능하며 각자가 고유한 내면 세계를 가지고 있다는 점을 강조합니다.

그에게 일어난 이 모든 무시무시한 변화는 단지 그가 더 이상
자신을 믿지 않고 타인을 믿게 되었기 때문이다.

그가 자신이 아니라 타인을 믿게 된 것은 자신을 믿고 살기가 너무
힘들었기 때문이다. 자신을 믿는다는 건 언제나 가벼운 즐거움을
추구하는 동물적 자아가 아닌 거의 모든 경우에 그것을 거슬러야
한다는 의미였다. 반면 타인을 믿으면 결정할 것이 없었다.

모든 것이 이미 결정되어 있었고 항상 동물적 자아에 유리하고
정신적인 자아에 불리하게 결정되어 있었다. 뿐만 아니라 자신을
믿으면 언제나 주변 사람들의 비난을 받았지만 타인을 믿으면
그들의 찬사를 받았다.

— 레프 니콜라예비치 톨스토이, 『부활』

『부활』은 프랑스의 문학가이자 사상가인 로맹 롤랑이 "예술적 성경이며 톨
스토이 작품 세계의 마지막 불꽃"이라 극찬했던 소설입니다. 이 문장은 주
인공 네흘류도프가 더 이상 자신의 도덕적 판단을 외면하고 사회적 기준에
따르면서 겪는 심리적 갈등과 도덕적 혼란을 나타내고 있습니다. 법정에 선
카츄샤를 본 순간 네흘류도프는 자신의 과거 행동을 반성하며 진정한 구원
과 부활을 향한 여정을 시작하게 됩니다.

더 이상 자신을 믿을 수 없다고 생각한 때가 있다면
언제였고 그 이유는 무엇인가요?

충고하는 것도 충고받는 것도 진정한 우정의 특징이네.
충고할 때는 거리낌 없되 거칠지 말아야 하며 충고받을 때는
참을성 있되 대들지 말아야 하네. 우정에는 아첨과 아부와
맞장구보다 더 큰 해악이 없다는 점도 알아야 하네.
어떤 이름으로 부르건 그런 해악은 진실과는 전혀 관계없이
오직 기쁘게 해주기 위해서만 말하는 경박하고 거짓된 사람
특유의 악덕이라네.

— 마르쿠스 툴리우스 키케로, 『우정에 관하여』

이 문장은 키케로의 『우정에 관하여』 제25장에 나오는 내용으로 진정한 우
정의 특징과 아첨의 해악에 대해 설명하고 있습니다. 진정한 우정은 서로에
게 솔직하게 충고하고 그 충고를 기꺼이 받아들여야 합니다. 충고할 때는
무례하지 않아야 하고, 충고를 받을 때는 인내심을 가지고 받아들여야 하
죠. 나이, 성별, 직업, 학력 등을 초월하는 우정을 나누려면 거리낌 없는 충
고와 겸손한 태도가 필요합니다. 그리고 그 관계의 본질은 '진실'이어야 할
것입니다.

2부. 사람과 사람 사이에 서성이는 날들

진정한 우정을 주고받는 진실한 친구가 있나요?

Day
037

"이건 내가 너무나 잘 알아서 말로 표현할 수가 없어."라고
말하는 자를 경계하라. 그들이 표현하지 못한다면 그것은 그들이
실제로는 그것을 잘 모르거나, 아니면 게을러서 겉만 보고
판단했기 때문이다.

— 알베르 카뮈, 『시지프 신화』

진정으로 어떤 것을 깊이 이해하고 있다면 그것을 명확하게 표현할 수 있
어야 합니다. 표현하지 못한다는 것은 이해가 부족하거나 깊이 있는 탐구
를 하지 않았기 때문일 수 있습니다. 이러한 내용은 카뮈의 철학에서 중요
한 주제인 '부조리absurd'와도 연결됩니다. 그는 인간이 세계를 이해하려는
욕구와 세계의 불합리성 사이의 충돌을 '부조리'로 정의하며 이를 인식하고
받아들이는 것이 중요하다고 강조합니다.

당신이 가장 싫어하는 타입의 사람은 어떤 모습인가요?

연민에는 두 가지 종류가 있습니다. 그중 하나인 나약하고
감상적인 연민은 그저 타인의 불행에서 느끼는 충격과
부끄러움으로부터 가능한 한 빨리 벗어나고 싶은 초조한
마음에 불과합니다. 함께 고통을 나누는 대신 본능적으로 남의
고통으로부터 자신의 영혼을 방어하는 것입니다.
진정한 연민이란 감상적이지 않은 창조적 연민입니다.
이것은 무엇을 원하는지 분명히 알고 힘이 닿는 한
그 이상으로 인내심을 가지고 함께 견디며 모든 걸 극복하겠다는
의지를 가진 연민을 말합니다.

— 슈테판 츠바이크, 『초조한 마음』

슈테판 츠바이크는 이 소설에서 희생할 용기도 없으면서 연민으로 가득한
주인공 호프밀러를 통해 인간의 양면성을 잘 보여줍니다. 그는 연민을 두 가
지로 구분하는데요. 첫 번째 연민은 나약하고 감상적인 연민으로 타인의 고
통을 마주했을 때 느끼는 불편함이나 부끄러움을 빨리 해소하고자 하는 조
급한 마음에서 비롯됩니다. 반면 두 번째는 진정한 연민으로 감상적이지 않
고 창조적인 형태를 띱니다. 타인의 고통을 함께 견디고 극복하려는 의지를
바탕으로 인내심과 결단력을 필요로 하죠. 타인을 향한 연민은 동정심과 다
릅니다. '창조적 연민'이란 말의 무게가 오래오래 가슴에 남는 문장입니다.

91

걸어가면서 그는 살아오는 동안 얼마나 자주 좋은 사람들을
만났는지 떠올리고 이런 만남 뒤에는 추억만이 남겨질 뿐임을
안타까워했다. 사람들의 얼굴이나 말도 삶 속에서 명멸하다가는
과거 속으로 가라앉아 버리는 것이다. 보잘것없는 기억의 자취만
빼고는 아무것도 남기지 않은 채로.

— 안톤 체호프, 『베로치카』(『체호프 단편선』 중에서)

『베로치카』는 19세기 러시아 단편 문학을 맛볼 수 있는 작품입니다. 시골 마
을에서의 짧은 체류를 마치고 떠나기 전, 주인공 아그뇨프가 그곳에서의
경험과 사람들과의 관계를 회상하며 느끼는 감정을 다룹니다. 그는 마을
사람들과의 따뜻한 교류를 통해 일시적인 정을 느끼지만 결국 이 모든 것이
시간이 지나면 희미한 추억으로 남을 뿐이라는 사실을 알게 됩니다.

첫사랑, 옛 친구, 대가 없는 친절 등
당신이 추억하는 아름다운 기억은 무엇인가요?

아주 가까운 사람이 세상을 떠나면 채 몇 달이 지나지 않아 우리는
그토록 그와 함께 나누고 싶었지만 그가 멀리 가고 나서야 비로소
정체가 드러나는 그 무엇을 알아차린다.
우리는 그가 더 이상 이해하지 못하는 언어로 그에게 마지막
인사를 보낸다.

— 발터 벤야민, 『일방통행로』

가까운 사람이 세상을 떠나고 나서야 우리는 그와 함께 나누고 싶었던 어
떤 감정이나 생각이 무엇이었는지를 비로소 깨닫게 됩니다. 하지만 그때는
이미 그 사람이 멀리 떠나버렸기에, 우리는 그가 더 이상 이해할 수 없는 방
식으로 마지막 인사를 전할 수밖에 없습니다. 벤야민은 일상적인 경험 속에
서 깊은 철학적 통찰을 끌어내며 상실과 기억, 언어의 한계 등을 탐구하는
데 관심을 가졌습니다. 나에게서 '그'가 떠나고 나서야 비로소 함께 나누고
싶었던 무엇인가를 깨닫는 게 인생이랍니다.

**당신 삶에서 이미 떠나 버린 '그'에게 하고 싶은
마지막 인사는 무엇인가요?**

세상에 시민만 존재할 수는 없다. 도시에는 이방인도 있다.

그러나 진정으로 살아 있는 사람들은 시민일 수밖에 없으며,

무언가를 지지하는 사람일 수밖에 없다.

무관심은 무기력이고 기생적이며 비겁함일 뿐 진정 살아 있는

것이 아니다. 그러므로 나는 무관심한 사람들을 증오한다.

— 안토니오 그람시, 『나는 무관심을 증오한다』

이탈리아의 파시스트 무솔리니 정권에 저항했던 안토니오 그람시는 이 글
에서 무관심은 단순한 개인의 태도가 아니라 사회 전체에 해를 끼치는 위험
한 행위라고 주장합니다. 그는 사람들이 사회 문제에 무관심하면 소수의
권력자가 쉽게 권력을 장악하고 부정한 법과 제도를 만들 수 있다고 경고
했죠. 진정으로 살아 있는 사람은 사회에 참여하고 어떤 입장을 취해야 한
다는 것을 강조하고 있습니다.

'나'의 무관심이 결과적으로
불편이나 피해로 돌아온 적이 있나요?

97

옛날에 프로메테우스가 사람을 만들었을 때 자루를 두 개 달아
주었다. 하나는 남의 흉이 든 것이고 다른 하나는 제 흉이 든
것이었다. 프로메테우스는 남의 흉이 든 자루는 앞에,
다른 자루는 뒤에 달아 주었다. 그래서 사람들은 남의 흉은
잘 볼 수 있지만 제 허물은 보지 못하는 것이다.

― 아이소포스, 『이솝 우화』

일명 '뒷담화'가 사회적 유대를 강화하고 정보를 공유하며 공동체 규범을
정착시키는 순기능으로 진화했다는 일부 진화심리학자들의 주장이 있습니
다. 그러나 뒷담화를 즐기는 사람들은 정작 자기 잘못과 실수는 알지 못하
는 경우가 많습니다. 타인을 비난할 시간에 스스로 뱉은 말과 행동을 돌아
보는 건 어떨까요. 다른 이들의 소문을 믿는 대신 스스로 판단할 줄 아는
비판적 태도가 인간의 품위를 결정합니다.

2부. 사람과 사람 사이에 서성이는 날들

주변에 남의 흉을 즐기는 사람들이 있을 때 어떻게 대처하나요?

중요하게 할 말이 있을수록 각별히 조심해야 한다. 할 말을 먼저 혼잣말로 중얼거려 본 다음 그 말을 입 밖에 낸 것을 혹시라도 후회할 가능성은 없는지 짚어가며 다시 한번 되뇌어 보아야 한다.

•

사람들은 보통 말이 아주 적은 사람을 별 재주가 없는 사람으로, 말이 너무 많은 사람을 산만하거나 정신 나간 사람으로 생각하기 쉽다. 따라서 말을 많이 하고픈 욕구에 휘둘려 정신 나간 사람으로 취급받느니, 침묵 속에 머물러 별 재주 없는 사람으로 보이는 편이 낫다.

— 조제프 앙투안 투생 디누아르, 『침묵의 서』

18세기 프랑스 수사였던 조제프 앙투안 투생 디누아르의 조언은 250년이 지난 지금도 버릴 말이 없습니다. 인간은 언어를 통해 타인과 세계를 인식합니다. 그러나 지나친 말로 관계를 망치기도 하고 스스로 나락을 경험하기도 합니다. 글은 고쳐 쓸 수 있지만 한번 뱉은 말은 주워 담을 수 없습니다. 그러니 능숙하고 화려한 '말빨'은 침묵 앞에서 겸손해야 합니다. '말'에 관한 깊은 사유와 자기성찰이 지혜를 얻기 위한 첫걸음입니다.

당신의 비밀을 지켜줄
신뢰할 수 있는 사람이 바로 떠오르나요?

소시민 계층은 항상 위쪽을 바라보기 때문에 그의 경제적 상황과 이데올로기 사이에 균열이 생긴다.

그는 물질적으로 보잘것없는 상황 속에 살고 있지만 겉으로는 때때로 우스꽝스러울 정도로 과장되게 품위 있는 행동을 한다. 그는 형편없고 불충분한 식사를 하면서도 '단정한 의복'에 대단한 가치를 부여한다.

— 빌헬름 라이히, 『파시즘의 대중심리』

『파시즘의 대중심리』에서 라이히는 소시민 계층이 자신의 경제적 현실과 상반되는 상류층의 이데올로기를 내면화하는 경향이 있다고 지적합니다. 소시민 계층이 실제로는 경제적으로 어려운 상황에 처해 있으면서도 상류층의 가치관과 생활방식을 모방하려는 경향이 있다고 보는 거죠. 이러한 모순은 자신이 속한 계층에 대한 불만과 상류층에 대한 동경 사이에서 발생하며 이는 권위주의적 이데올로기에 대한 지지로 이어질 수 있습니다.

나는 어떤 순간에 내 현실보다
더 '괜찮은 사람'처럼 보이고 싶었나요?

남의 작은 허물을 꾸짖지 말고

남의 비밀을 드러내지 말며

남의 지난 잘못을 생각지 말라.

이 셋으로써 덕을 기르고 해를 멀리할 수 있다.

— 홍자성, 『채근담』(전105)

중국 명나라 말에 홍자성은 천천히 생각에 잠기게 하는 이야기를 많이 남겼습니다. 400년이 지난 오늘에도 변하지 않은 삶의 지혜가 가득하죠. 이 문장은 인간관계에서 배려와 자기 수양을 강조합니다. 타인을 향한 비난과 험담은 결국 자신에게 돌아옵니다. 남의 허물을 꾸짖지 않고 남의 비밀을 드러내지 않으며 남의 잘못을 기억하지 않는 태도를 실천하면 분명 자신의 덕을 기를 수 있을 뿐만 아니라 불필요한 갈등도 피할 수 있을 것입니다.

과거의 누군가를 여전히 탓하고 있다면
그것은 누구이며 왜일까요?

사랑에 있어 모든 것은 움직임 자체이다.

사랑을 하면 우리는 사랑의 대상이 내게 오기를 기다리지 않고

내가 그 대상에게 가서 그 안에 존재하려 한다.

사랑에 빠지면 우리는 우리 자신에게서 빠져나와 타인을 향한

여정을 떠나야 한다. 그 대상이 나를 중심으로 내 주위를 도는

것이 아니라 내가 그 대상이 만든 궤도를 탄다.

— 호세 오르테가 이 가세트, 『사랑에 관한 연구』

스페인의 철학자 호세 오르테가 이 가세트는 '지금-여기' 인간 삶에 뿌리를
둔 생의 철학을 고민했습니다. 그는 사랑을 '빠짐'으로 정의하며 사랑이 단
순한 감정의 소유가 아니라 자기 자신에게서 벗어나 타인을 향한 여정을 떠
나는 것을 의미한다고 말합니다. 사랑에 빠지면 우리는 타인의 세계로 들
어가 그 세계의 궤도를 따르게 되며 이는 자기 중심적인 삶에서 벗어나 타인
과의 관계 속에서 새로운 존재 방식을 찾는 과정이라고 말이죠.

사랑에 빠졌을 때 나의 자아는 어떻게 변화했나요?

주자가 말하기를,

"화합하여 잘 지내는 것은 집안을 질서 있게 하는 일의 근본이고,

부지런하고 검소한 것은 집안을 다스리는 근본이다.

또한 독서는 집안을 일으키는 근본이며

원리를 따르는 것이 집안을 보호하는 근본이라 했으니,

이것이 바로 집안을 다스리는 네 가지 근본이다."

— 유배지에서 보낸 편지(정약용이 아들에게 보낸 편지)

정약용은 신유박해로 18년간 귀양살이를 했습니다. 그는 오랫동안 집을 떠나 있으면서도 가족을 염려하는 애틋한 마음을 편지로 전하며 옛 성현들의 가르침으로 자식 교육에 힘썼죠. 이 글은 정약용이 주자의 가르침을 아들에게 보낸 편지에 인용하면서 가정의 기본 원칙을 강조한 내용입니다. 정약용은 화순和順, 근검勤儉, 독서讀書, 순리順理 네 가지를 거가사본居家四本이라 하여 가정의 기본 원칙으로 삼을 것을 강조했습니다. 이러한 원칙들은 오늘날에도 가정의 평화와 행복을 위한 지침으로 유효하지 않을까요?

나는 가족과의 관계에서
화합을 이루기 위해 어떤 노력을 하고 있는가?

Day
048

별이 불타는 것을 의심하라,

태양이 움직이는 것을 의심하라,

진실이 거짓말하는 것을 의심하라.

그러나 나의 사랑은 의심하지 말라.

— 윌리엄 셰익스피어, 『햄릿』

오필리아를 향한 자기 사랑을 조금도 의심하지 말라는 고백을 담은 햄릿의 편지를 폴로니우스가 낭독하는 장면입니다. 당대의 과학적 진리나 자연의 질서를 의심할 수는 있어도. 자신의 사랑만큼은 변하지 않을 거라는 절절한 고백입니다. 셰익스피어는 영국 르네상스 시대의 대표적인 극작가로 인간 내면의 심리적 갈등과 섬세한 감정을 극적으로 표현하는 데 탁월했습니다. 『햄릿』은 복수와 광기. 사랑과 진실 등을 담은 비극입니다. 사랑이야말로 인간의 모든 혼란과 의심 속에서도 끝까지 지켜야 할 소중한 감정입니다.

111

당신을 어떻게 사랑하느냐고요? 그 방법을 세어볼게요.

내 영혼이 닿을 수 있는 깊이와 너비와 높이만큼

일상의 끝과 존재의 이상을 향한 열망만큼

나는 당신을 사랑해요.

— 엘리자베스 배럿 브라우닝, 「소네트 43」

19세기 영국의 시인 엘리자베스 배럿 브라우닝은 남편 로버트 브라우닝을 향한 사랑의 소네트를 여러 편 남겼습니다. 사랑하는 방법과 종류는 셀 수 없습니다. 사람마다 서로 다른 사랑법을 가지고 있기 때문이죠. 칼릴 지브란의 "보여줄 수 있는 사랑은 아주 작습니다. 그 뒤에 숨어 있는 보이지 않는 위대함에 견주어 보면"이라는 시가 떠오릅니다. 내 사랑의 깊이와 넓이와 높이를 측정할 수 없을 만큼 당신을 사랑한다는 이 고백에는 죽음 이후에도 변치 않는 영원한 사랑에 대한 믿음이 담겨 있습니다.

자기가 사랑하는 자와 한데 모여 둘이던 게 하나가 되는 것
말일세. 그 이유는 바로 이것이네.
우리의 옛 본성이 이제까지 말한 바로 이런 것이었고
우리가 온전한 자들이었다는 것 말일세. 그래서 그 온전함에 대한
욕망과 추구에 붙여진 이름이 사랑(에로스)이지.

•

욕망하고 있는 다른 모든 자도 갖추어져 있지 않은 것과 곁에 있지
않은 것을 욕망하는 것이네. 그리고 그가 갖고 있지 않은 것과
그 자신이 아직 아닌 것과 그가 결여하고 있는 것을 욕망하는
것이네. 욕망과 사랑이 바로 이런 것들에 대한 것이네.

— 플라톤, 『향연』

사랑은 고대 철학자들에게도 매우 중요한 관심사 중 하나였습니다. 플라
톤의 『향연』에 참석한 사람들은 각자 사랑에 관해 치열하게 논쟁합니다. 사
랑의 기원이나 현실적 욕망 등을 설명하는 장면들이 인상적입니다. 남성과
여성은 본래 한 몸이었다가 둘로 나뉘었기 때문에 온전함에 대한 본능이 사
랑이라는 주장, 결핍에 대한 욕망이 사랑이라는 주장은 크게 다르지 않습
니다. 하지만 사랑은 채워도 만족을 모르는 끝없는 욕심이기도 합니다.

당신에게 사랑이 필요한 이유와 당신만의 사랑법은 무엇인가요?

3부

자유롭고

평등한 세상을

향한 외침

나 혼자만의 노력과 실력으로 세상을 살아갈 수 있다고 생각했다면 그건 조금은 순진한 착각일지도 모릅니다. 우리는 자본주의와 민주주의라는 틀 안에서 끊임없이 서로 얽히고 영향을 주고받으니까요. 정의롭고 자유로운 세상, 평등하고 따뜻한 사회, 배려와 나눔이 스며 있는 공동체 안에서만 진짜 행복도, 희망도 자라날 수 있습니다. 그래서 나 하나만 잘 사는 게 중요한 게 아니라 우리가 함께 살아가는 세상을 향한 관심과 마음이 꼭 필요합니다.

3부에서는 자유, 정의, 평등, 혁명, 정치, 빈곤, 반항, 관용, 인권 같은 다소 무겁게 느껴질 수 있는 문장들을 모았습니다. 하지만 거창한 이야기만은 아닙니다. 우리가 숨 쉬고, 일하고, 사랑하고 꿈꾸는 삶의 무대는 바로 '이 사회'니까요. 정치는 정치인의 일이고 세상의 문제는 어른들 몫이라고 생각하기 쉽지만 우리가 살아가는 방향은 결국 우리 모두가 함께 고민하고 정해야 합니다. 또한 우리는 서로 기대고 도우며 살아가야 합니다. 모두가 눈에 보이지 않는 실로 연결된 것처럼 이 사회는 우리 모두의 손길이 필요한 공동운명체이니까요.

그리고 내가 사는 세상에 대해 생각하는 건 결국 '내가 어떤 삶을 살고 싶은가'라는 질문과 맞닿아 있어요. 이 문장들을 천천히 필사하면서 '더 좋은 나'와 '더 나은 세상'을 함께 꿈꿔보면 어떨까요?

우리 문화권에서 갑자기 부자가 된 서민 출신 사람들은
그 부를 주로 사치를 위해서 쓰는 현상이 항상 되풀이된다.
명예욕과 감각의 즐거움은 모든 사치를 만들어 내는 두 가지
원동력으로 졸부들의 사치를 발전시키는 데 함께 작용한다.

— 베르너 좀바르트, 『사치와 자본주의』

코인과 주식 투자, 부동산 투기로 큰돈을 번 사람들이나 복권에 당첨된 사
람들에게 사치는 피할 수 없는 유혹일지도 모릅니다. 사치의 기준과 한계
는 각자 다를 겁니다. 하지만 자본주의 사회에서 능력만큼 벌어서 마음대로
쓴다는 생각에 모두가 동의하는 건 아닙니다. 베르너 좀바르트는 이 책에
서 갑작스럽게 부를 얻은 사람들이 사치스러운 소비를 통해 자신의 사회적
지위를 과시하려는 경향이 있다고 지적합니다. 그는 이러한 사치의 동기를
명예욕과 감각의 즐거움으로 설명하고 있습니다.

3부. 자유롭고 평등한 세상을 향한 외침

돈을 많이 벌고 싶은 이유는 무엇인가요?
또 당신이 생각하는 사치의 기준은 무엇인가요?

Day
052

만약 단 한 사람만을 제외한 모든 인류가 같은 의견이고

그 한 사람만이 반대 의견을 갖는다고 해도 인류에게는

그 한 사람에게 침묵을 강요할 권리가 없다.

이는 그 한 사람이 권력을 장악했을 때 전 인류를 침묵하게 할

권리가 없는 것과 마찬가지다.

— 존 스튜어트 밀, 『자유론』

150여 년 전에 이런 주장을 하며 수많은 저작을 남긴 존 스튜어트 밀은 평범한 회사원이었습니다. 모든 문장에 밑줄 긋고 싶은 책입니다. 표현의 자유, 결사의 자유 등 지금 우리가 당연하게 여기는 권리는 저절로 주어진 게 아닙니다. '자유'는 존 스튜어트 밀과 같은 사람의 생각에 수많은 사람의 피와 땀이 더해져 얻은 소중한 가치입니다. 다수의 힘으로 소수의 의견을 억압하는 것은 정당화될 수 없으며 모든 의견은 자유롭게 표현될 수 있어야 한다는 그의 주장은 오늘날에도 표현의 자유와 민주주의의 핵심 가치로 여겨지며 다양한 의견의 공존과 토론의 중요성을 일깨워줍니다.

내 생각과 다르다고 해서
누군가의 입을 막고 싶어 한 적은 없나요?

혁명이 무엇인지 이해하고 싶다면

그것을 '진보'라고 외쳐 보라.

그리고 만약 진보가 무엇인지 이해하고 싶다면

그것을 '내일'이라고 불러 보라.

'내일'은 저항할 수도 없이 자기 일을 수행하며

이미 오늘 이미 그 일을 시작하고 있다.

그것은 이상하게도 언제나 제 목적에 도달한다.

— 빅토르 위고, 『레 미제라블』

인류의 역사를 뒤바꾼 사건 중 하나가 프랑스 대혁명입니다. 빅토르 위고는
계속되는 혁명이 내일을 향한 희망이라고 보았죠. 혁명은 단순한 정치적 사
건이 아니라 사회가 더 나은 방향으로 나아가기 위한 필연적인 과정입니다.
진보는 미래를 향한 움직임이며 그 시작은 이미 오늘부터 이루어지고 있습
니다. 이 문장은 사회 변화의 필연성과 그 시작이 현재에 있음을 강조하며
현재의 행동이 미래를 형성한다는 메시지를 담고 있습니다.

오늘보다 나은 내일을 위해
당신은 어떤 변화를 시도하고 있나요?

정치가에게는 다른 무엇보다도 다음 세 가지 자질이 매우
중요하다. 대의에 대해 헌신할 수 있는 '열정', 선의를 내세워
변명하지 않고 결과를 얻기 위해 최선을 다할 수 있는 '책임감',
그리고 상황을 객관적으로 이해할 수 있는
균형적인 '현실 감각'이 그것이다.

— 막스 베버, 『소명으로서의 정치』

『소명으로서의 정치』는 1919년 독일 뮌헨대학 '자유학생연맹'의 초청 강연문
으로 정치가 무엇인지, 정치가는 어떤 존재인지 설명하는 고전입니다. 오늘
의 일상은 물론 우리가 사는 세상의 모든 일은 정치와 관련되어 있습니다.
그러니 정치로부터 자유로운 사람은 아무도 없습니다. 제대로 알아야 속
지 않고 올바른 선택을 할 수 있습니다. 합리적이고 이성적인 태도로 정치를
바라보고 비판적 안목으로 정치인을 평가할 때 내일의 삶이 조금 더 나아질
수 있습니다.

쓸쓸하고 고독하고 아무도 의지할 사람이 없으면 없을수록 나는 나 자신을 존경한다. 나는 하느님이 내려주시고 인간에 의해 인정된 법을 지키리라. 지금과 같이 미치지 않고 바른 정신일 때 내가 받아들이는 원칙대로 살아 나가리라.

법이나 원칙은 유혹이 없을 때를 위해 있는 것은 아니다. 그것들은 지금과 같이 육체와 정신이 그 준엄성에 대해 반기를 들었을 때를 위해서 있는 것이다. 법과 원칙은 엄정한 것이며 침범되어서는 안 된다.

— 샬럿 브론테, 『제인 에어』

19세기 영국의 소설가 샬럿 브론테의 『제인 에어』는 당시 여성의 사회적 지위와 자율성에 대한 문제를 다루며 여성 주인공이 자신의 신념과 독립성을 지키는 모습을 그리고 있습니다. 이 문장은 제인이 로체스터의 유혹을 거절하고 자신의 도덕적 원칙과 신념을 지키기로 결심하는 장면에서 나옵니다. 제인은 외로움과 고통 속에서도 자기 내면의 목소리를 따르며 유혹에 굴복하지 않고 옳은 길을 선택합니다. 빅토리아 시대의 엄격한 사회 규범 속에서 제인의 결단은 당시 여성들에게 큰 영감을 주었으며, 현대에도 여성의 자율성과 도덕적 용기에 대한 상징으로 평가받고 있습니다.

당신은 누가 보지 않을 때도
여전히 나 자신을 존경할 수 있는 선택을 하고 있나요?

평등과 정의와 관련하여 진리를 찾기가 아무리 어렵다 해도
사욕을 채울 힘이 있는 자들을 설득하는 것보다는 쉬운 일이다.
평등과 정의를 추구하는 것은 언제나 약자들이고
강자들은 그 어느 것도 거들떠보지 않으니 말이다.

— 아리스토텔레스, 『정치학』

아리스토텔레스는 인간을 사회적 동물로 보았으며 정의로운 공동체를 이
루려면 시민들의 덕성과 합리적인 제도가 필요하다고 주장했습니다. 사실
정의와 평등이 무엇인지를 규정하는 일도 어렵지만 그보다 더 어려운 건 힘
있고 욕심 많은 사람들을 설득해서 그것을 받아들이게 하는 일입니다. 정
의와 평등은 주로 약한 사람들이 필요로 하고 힘 있는 사람들은 자기 이익
에만 관심 있기 때문이죠. 정의로운 원칙을 세우는 것도 중요하지만 그것
을 실제로 실현하려면 권력을 가진 사람들의 태도가 더 중요하다고 볼 수
있습니다.

정의와 평등이 침범당한다고 느낄 때
당신은 어떤 방식으로 행동하나요?

도시에 독재자보다 더 해로운 것은 아무것도 없네.

무엇보다도 그런 도시에서는 공공의 법이 없고, 한 사람이 법을

독차지하여 자신을 위해 통치를 하기 때문일세.

그리고 이것은 이미 평등이 아닐세. 하지만 일단 법이 성문화되면

힘없는 자나 부자나 동등한 권리를 갖게 된다네.

그러면 부유한 시민이 나쁜 짓을 할 때 힘없는 자가 비판할 수

있으며, 약자도 옳으면 강자를 이길 수 있다네.

자유란 이런 것일세.

— 에우리피데스, 『탄원하는 여인들』

『탄원하는 여인들』은 기원전 5세기 아테네 민주정의 이상을 반영한 작품으로 테세우스가 주인공으로 등장하여 독재와 법 없는 통치의 위험성을 비판하고 성문화된 법에 기반한 정의와 평등의 가치를 옹호합니다. 에우리피데스는 다른 비극 시인들과 달리 개인과 국가, 정의, 여성의 고통을 깊이 파고들었으며 당대 아테네의 정치·사회 문제에 날카롭게 반응한 인물로 평가받습니다. 이 문장은 그런 맥락에서 법치주의와 자유의 본질을 강하게 드러낸 대표적 장면으로 이해할 수 있습니다.

**법이나 규칙이 없을 때
당신은 여전히 옳은 일을 선택할 수 있다고 믿나요?**

131

한 시민의 정치적 자유란 각자가 자신의 안전에 대해 갖는
의견에서 유래하는 정신적 평온을 의미한다.
그리고 이 자유를 가지려면 한 시민이 다른 시민을 두려워하지
않을 수 있는 정체여야 한다.

— 샤를 드 몽테스키외, 『법의 정신』

몽테스키외는 18세기 프랑스 계몽사상가로 권력분립론을 체계화하여 이
후 미국 헌법과 프랑스 혁명사상에 큰 영향을 주었습니다. 그는 전제정치에
반대하고 자유의 조건으로 법치와 권력의 균형을 강조했습니다. 그는 자유
를 "자신의 안전에 대해 갖는 마음의 평온tranquillité d'esprit"으로 정의하며
그것은 법에 의해 보장될 때 가능하다고 설명합니다. 따라서 정치적 자유란
단순한 무제한의 자유가 아니라 시민이 서로를 두려워하지 않고 살아갈 수
있는 제도적 안전과 심리적 평온인 것이죠.

당신은 언제, 어디서든 안전하고 평화롭게
정치적 자유를 보장받고 있나요?

희망이란 본래 있다고도 할 수 없고 없다고도 할 수 없다.

그것은 땅 위의 길과 같은 것이다.

사실 땅 위에는 본래 길이 없었다.

다만 걸어가는 사람이 많아지면 길이 되는 것이다.

— 루쉰, 『고향』

중국 근현대 문학의 아버지로 일컫는 루쉰은 현실에 대한 날카로운 비판 정신으로 후배 작가와 지식인들에게 큰 영향을 미쳤습니다. 『아Q정전』, 『광인일기』가 대표작이지만 자주 인용되는 『고향』의 이 문장이 오래오래 가슴에 남습니다. 눈이 온 다음 날 사람들은 앞 사람의 발자국을 따라 걷습니다. 처음 그 길을 걷는 사람은 막막해도 등 뒤에서 많은 사람이 함께 걸으면 길이 만들어집니다. 모든 변화의 시작이 그렇습니다.

당신은 지금, 누구보다 먼저 걸어 나설 용기가 있나요?

이해할 수 없는 것은 이 모든 악조건 속에서도 하루하루의 생활은 두려워하고 걱정했던 것보다 나빠지지 않았다는 점이다.

그것은 계속해서 궁핍한 생활을 하면 배고픔 외의 모든 어려움은 버텨낼 수 있는 방법을 찾아내기 때문이다.

— 조지 오웰, 『파리와 런던의 따라지 인생』

빈곤과 가난은 불편하지만 죄가 아닙니다. 개인의 능력과 노력만으로 극복되지 않는 환경과 상황도 큰 영향을 미치기 때문입니다. 조지 오웰은 경찰공무원을 그만두고 접시를 닦고 노숙 생활을 경험합니다. 이를 바탕으로 극심한 빈곤 속에서도 인간이 어떻게 버티는지 탐색했습니다. 이 문장이 담고 있는 핵심은 고통과 두려움 자체보다 그것에 익숙해지는 인간의 기묘한 회복력입니다. 오웰은 이 과정을 관찰하며 체제와 빈곤을 비판했지만 동시에 인간 존재의 존엄과 생존 본능에 대한 묘사 또한 놓치지 않았습니다. 이는 『1984』, 『동물농장』과 같은 작품에 이어지는 중요한 사상적 기반이 됩니다.

당신은 막연한 두려움보다 이미 겪고 있는 현실이
더 견딜 만하다고 느껴본 적 있나요?

진지하지 못하면 실패자가 된다. 우리는 편견 때문에 고통을 받는다. 행복을 찾자. 인간성을 찾자. 그러면 좋아지리라. 우리 깨치고 나아가 그것을 보리라.

지식 없는 노력은 소용없다. 타인의 행복 없이는 우리의 행복도 없다. 깨우치면 부유해지리라. 행복해지리라. 동포애로 하나가 되리라. 우리 그것을 보리라.

배우고 근면하자. 즐겁게 노래하고 사랑하자.

우리는 이 땅에 천국을 가지리라. 우리 사는 동안 행복하리라.

그날이 오면 우리 모두 그것을 보리라.

— 니콜라이 체르니솁스키, 『무엇을 할 것인가』

이 문장은 프랑스 혁명가들의 노래에서 영감을 받은 삽입 가요의 가사입니다. 이 노래는 주인공 비에라 파브로브나가 부르는 장면에 등장하며 그녀의 내면적 갈등과 희망을 표현합니다. 봉건사회 신분 질서가 무너지면서 불안한 혼란이 사회를 뒤덮던 시기, 적극적으로 자기 운명을 개척하는 여성 캐릭터의 등장은 러시아 문학에서 하나의 사건이었습니다. 체르니솁스키는 이 작품을 통해 사회주의적 이상향을 제시하며 노동과 교육, 연대를 통해 지상에 천국을 실현할 수 있다는 메시지를 던졌습니다. 그의 이러한 사상은 후에 레닌 등 러시아 혁명가들에게 지대한 영향을 주었습니다.

당신이 생각하는 행복은 무엇인가요?
타인의 행복은 왜 나에게도 영향을 미칠까요?

이 짧은 인생에서 우리와 생각이 다른 사람들을 박해하는 것은
참으로 잔인한 짓이다. 조물주가 내려야 할 판결을 이 땅에 잠시
머물다가 사라질 티끌과도 같은 존재인 우리 인간이 가로챌
권한은 없는 것이다.

— 볼테르, 『관용론』

프랑스의 계몽주의 작가 볼테르는 바스티유 감옥에 갇힌 경험으로 전제정
치와 불평등에 눈을 뜹니다. 종교가 다르거나 생각이 같지 않다고 박해하
는 것은 있을 수 없는 일입니다. 하지만 당시에는 당연한 관행이었습니다.
장 칼라스Jean Calas 사건을 계기로 쓴 이 책에서 볼테르는 인간의 비이성적
사고를 강하게 비판합니다. 칼라스는 가톨릭으로 개종하려는 아들을 살해
했다는 혐의로 고문을 받고 처형되었으나 이후 무죄로 밝혀졌습니다. 이해
하고 동의할 수 없다고, 혹은 나와 다르다고 상대를 억압하고 폭력을 가하
는 일은 참으로 잔인한 짓입니다.

나와 다른 의견을 가진 사람에게서
당신은 자신의 부족함을 발견하려 애써본 적이 있나요?

사람들이 부에 대해서 그처럼 탐욕스러워진 것은 분배의 조건이
너무나 불공정하기 때문이다. 그래서 자신에게 충분한 몫이
돌아오리라고 확신하지 못할 뿐만 아니라 많은 사람이 가난으로
고통 받을 거라고 확신한다.

— 헨리 조지, 『진보와 빈곤』

미국의 정치경제학자 헨리 조지는 자신의 노동생산물은 사적소유가 가능
하지만 토지나 자연환경은 공유해야 한다고 주장했습니다. 그는 빈부 격차
의 주된 원인 중 하나가 '불평등한 분배의 구조'라고 보았습니다. 공정하고
충분한 분배가 이루어지지 않으면 사람들은 생존에 대한 불안 때문에 탐
욕스러워진다는 거죠. 이를 해결하기 위해 그는 토지가치세와 같은 제도를
제안하기도 했습니다. 빈부 격차는 이렇듯 사회 공동체 구성원들의 합의와
제도로 풀어가야 하는 게 아닐까 싶습니다.

우리가 사는 세상이 불공정하다면
어떤 조건을 갖춰야 공정하게 분배할 수 있을까요?

부자도 일하지 않으면 먹지 말아야 한다.

왜냐하면 부자가 자식의 욕구 충족을 위해 노동이 필요하지
않아도 그가 가난한 자와 함께 복종해야 할 율법이 그렇게
명령하고 있기 때문이다. 신의 섭리는 아무 차별 없이 만인이
인식하고 일해야 하는 소명을 마련했기 때문이다.

또한 직업은 인간이 적용하고 만족해야 하는 운명이 아니라
신의 영광을 낳기 위해 각자에게 부과된 명령이기 때문이다.

— 막스 베버, 『프로테스탄트 윤리와 자본주의 정신』

마르크스, 에밀 뒤르켐과 더불어 현대 사회학의 기초를 마련한 막스 베버
는 직업 소명설에 바탕을 둔 청교도적 윤리가 근대 자본주의 발달을 이끌었
다고 주장합니다. 노동을 신의 명령으로 간주했지요. 근검절약하며 성실하
게 일하는 태도가 구원의 조건이라는 생각은 16세기 종교개혁 이후 자본주
의가 발전하는 데 크게 기여했습니다. 지금도 우리는 여전히 자본주의 경제
체제에서 일하며 살아갑니다. 일하지 않는 자는 먹지도 말라는 신의 명령에
대한 여러분의 생각은 어떨지 궁금하네요.

불로 소득으로 살아가는 사람들에 대해
당신은 어떻게 생각하나요?

노동이 없으면 재산이 없듯이 투쟁이 없으면 법과 권리도
없다. "땀을 흘리지 않고서는 빵을 먹을 수 없다."라는 명제가
진실이듯이 "투쟁에서 너의 법과 권리를 발견하라."는 명제도
진실이다. 법과 권리가 투쟁의 준비를 포기하는 순간,
자신을 포기하는 것이 된다.

— 루돌프 폰 예링, 『권리를 위한 투쟁』

독일의 법학자 루돌프 폰 예링은 "권리 위에 잠자는 자는 보호받지 못한
다."라는 금언의 주인공입니다. 예링은 '법과 권리의 목적은 평화이고 평화
에 이르는 수단은 투쟁'이라고 단호하게 말합니다. 지금 우리가 당연하게
누리는 인권이나 사회적 권리 같은 헌법과 각종 법률은 오랜 투쟁의 역사를
담고 있습니다. 해가 뜨고 바람이 불듯 자연스럽게 저절로 이루어진 법과
제도는 없습니다. '나'와 '우리'를 위한 투쟁은 지금도 계속되고 있습니다.

당신은 마지막으로 당신의 권리를 지키기 위해
무엇과 싸웠습니까?

전통적인 삶의 방식이 파괴되고 모든 게 사고파는 상품이
되어버린 이곳에서 아무도 나의 생존과 미래를 보장해 주지
않는다는 공포가 끝없는 노동을 강요한다.
과거와 비교할 수 없는 물질적 풍요로움을 누리는 시대지만
사람들은 훨씬 바쁘고 힘들어졌으며 노동은 고통스러워도
안 하면 안 되는 일이 돼버렸다. 행복은 끝없이 연기되고
미래에 대한 공포가 현재를 지배하고 있다.

— 폴 라파르그, 『게으를 수 있는 권리』

마르크스의 둘째 딸 로라와 결혼한 폴 라파르그는 사회운동가였습니다.
자본주의가 사람들을 노동 중독으로 만든다고 생각했죠. 미래에 대한 불
안과 공포가 자기 계발과 일중독으로 내모는 상황입니다. 그는 마치 현대
인의 삶을 예견하듯 우리에게 게으를 수 있는 권리가 있다고 주장합니다.
19세기에 벌써 '물질적 풍요로움을 누리는 시대'라고 했으니 이제 주 4일,
아니 3일만 일하면서 살아도 충분하지 않을까요?

게으를 수 있는 권리가 생긴다면
당신은 제일 먼저 뭘 하고 싶나요?

자유는 지구 어디서나 박해를 받아왔고,

이성은 반역으로 간주되었으며,

공포의 노예가 된 인간들은 생각하기를 두려워했다.

— 토마스 페인, 『인권』

미국 독립 혁명과 프랑스 혁명에 깊이 관여한 계몽주의 사상가 토머스 페인은 『상식』과 『인권』을 통해 왕정과 특권 계급을 비판하고 인간의 자연권과 민주주의를 옹호했습니다. 18세기 말은 절대왕정과 종교 권위가 강력하던 시기로 자유와 이성을 주장하는 이들은 종종 반역자로 몰려 박해를 받았습니다. 페인은 이러한 억압적 현실을 고발하며 진정한 자유는 두려움 없이 사고하고 표현할 수 있는 권리에서 비롯된다고 강조합니다. 우리가 누리는 자유와 평등 같은 인권은 끊임없는 노력과 힘겨운 투쟁으로 얻은 결과입니다.

인권의 중요성을 느낀 적이 있다면
그 이유는 무엇 때문이었나요?

스무 살 청춘이 많이 알 수는 없다. 그들은 아직 모색 단계에 있다.
하지만 그들은 고역을 전혀 두려워하지 않으며,
새로운 세계를 창조할 수 있다는 확신 속에서 모든 걸 다시 만들기
위해 전부 무너뜨리고 싶은 강렬한 욕망에 사로잡힌다.
그때가 진정 아름다운 시절이다. 이 시절의 젊은이들은 얼마나
행복한가. 후일 조심성 많은 어른이 되었을 때 그들은
이 뜨거운 욕망의 시절을 그리워하리라.

— 에밀 졸라, 『문학에 대한 증오』(『비평에 대하여』 중에서)

프랑스의 대표적인 자연주의 작가인 에밀 졸라는 사회적 불의와 인간 본성
의 어두운 면을 사실적으로 묘사한 작품들을 남겼습니다. 그는 알프레드
드레퓌스라는 유대인 장교가 독일에 군사기밀을 넘겼다는 혐의로 억울하
게 유죄 판결을 받은 '드레퓌스 사건' 당시 「나는 고발한다」를 발표하는 등
사회 참여에도 적극적이었습니다. 무모하지만 뜨거운 열정은 젊은이들의
특권입니다. 기존 질서를 허물고 모든 걸 재창조하려는 이 아름다운 시절을
그냥 보낼 수는 없습니다. 비록 경험은 부족하지만 기존의 틀을 깨고 새로
운 세계를 창조하려는 욕망과 용기가 있는 이 시기를 그냥 보내면 분명 후
회할 거예요.

당신이 생각하는 청춘의 이상적인 모습은 무엇인가요?

출세하기 위해서 자네가 해야 할 노력과 필사적 싸움이 어떤가를
판단해 보게. 항아리 속에 들어 있는 거미들처럼 자네들은
서로를 잡아먹어야 하네. 왜냐하면 좋은 자리가 오만 개밖에 없기
때문이야. 이곳 파리에서 사람들이 어떻게 출세하는가를 알고
있나? 천재성을 떨치든지 아니면 능수능란하게 타락해야 하네.
사회 집단 속으로 대포알처럼 뚫고 들어가거나 페스트 균처럼
스며들어 가야 하네. 정직이란 아무 소용이 없네. 사람들은
천재의 위력에 굴복하고, 그것을 미워하고 비방하려고 들지.
왜냐하면 천재는 분배하지 않고 독점하니까 말일세.

— 오노레 드 발자크, 『고리오 영감』

프랑스의 발자크는 대단히 속물적인 작가였기 때문에 오히려 그의 소설이
세상의 진실을 드러냅니다. 『고리오 영감』은 보케르 부인의 하숙집을 무대
로 다양한 인간들의 세속적 욕망을 묘사합니다. 20대 초반의 법대생 외젠
드 라스티냐크는 이 소설의 주인공으로 성공과 출세를 위해 무엇이 필요한
지 깊이 고민합니다. 1850년 파리의 현실이 마치 대한민국의 오늘을 보여주
는 것 같아 씁쓸한 장면입니다.

155

어디에서든 불의가 존재한다면 그것은 모든 정의에 대한
위협이다. 우리는 불가분의 상호 연결망에 얽혀 있으며
하나의 운명이라는 단일한 옷감에 묶여 있다.
한 곳에서 일어나는 것은 모든 곳에 영향을 미친다.

— 마르틴 루터 킹 주니어, 『버밍햄 감옥에서 보낸 편지』

마틴 루터 킹 주니어는 미국의 인권운동가로 비폭력 저항을 통해 인종 차별
과 사회적 불의를 극복하려 했습니다. 그가 1963년 버밍햄 감옥에서 쓴 이
편지는 당시 지역 백인 성직자들이 그를 '외부 선동자'로 비난하며 시위의 시
기와 방법을 문제 삼은 데 대한 응답으로 작성되었습니다. 킹 목사는 이 편
지에서 한 지역의 불의는 다른 지역에도 영향을 미칩니다. 이는 정의를 지키
기 위해 모두가 함께 행동해야 함을 의미합니다. 이러한 주장은 당시 미국
남부의 인종 차별에 맞서 전국적인 연대를 촉구하는 메시지로 큰 반향을 일
으켰습니다.

내가 직접 겪지 않은 불의에도 마음이 움직인 적이 있나요?

나는 우리가 먼저 인간이어야 하고
그다음에야 국가의 시민이 되어야 한다고 생각한다.
법에 대한 존중보다는 정의에 대한 존중을 기르는 것이
더 중요하다.
만약 어떤 법이 다른 사람에게 불의를 행하도록 당신을
강요한다면, 나는 그 법을 어겨야 한다고 말하겠다.

— 헨리 데이비드 소로, 『시민의 불복종』

헨리 데이비드 소로는 19세기 미국의 사상가이자 작가로 노예제와 멕시코
전쟁에 반대했습니다. 국가 권력과 정부 정책이 '정의'에 부합하지 않는다
면 시민들은 복종하지 않을 권리가 있다고 주장했습니다. 이 문장은 개인
의 도덕적 책임, 즉 맹목적인 복종보다 양심과 정의를 따르는 것이 중요하
다는 의미입니다. 그는 부당한 법이 타인에게 해를 끼치도록 강요한다면 그
법을 지킬 필요가 없다고 생각했습니다. 이러한 사상은 마하트마 간디, 마
틴 루터 킹 주니어 같은 인물들에게 깊은 영향을 미쳤습니다.

'옳은 일'과 '허락된 일'이 다를 때
나는 어떤 기준으로 결정을 내리나요?

정의란 각자가 자신의 역할을 충실히 수행하는 것이다.

무질서한 영혼에서 정의가 나오지 않듯 조화로운 국가 또한

각 부분이 조화롭게 기능할 때 정의롭다.

정의는 강자의 이익이 아니다.

— 플라톤, 『국가』

플라톤은 고대 그리스의 철학자로 소크라테스의 제자이며 아리스토텔레스의 스승입니다. 그의 저서 『국가』는 정의, 정치, 교육 등에 대한 철학적 논의를 담고 있습니다. 플라톤은 정의를 사회와 개인의 조화로운 상태로 보았습니다. 예를 들어 선생님은 가르치고, 경찰은 질서를 지키며, 농부는 농사를 짓는 등 자신의 역할을 충실히 수행할 때 정의로운 국가가 형성된다고 보았죠. 플라톤의 이러한 정의관은 개인과 사회의 조화를 강조하며 이후 서양 정치철학과 윤리학에 큰 영향을 미쳤습니다.

당신은 지금 자신이 맡은 역할을 정의롭다고 느끼나요?

노동을 한다는 것은 전통적으로 힘의 열등함을 보여주는
표시였고 그래서 간단히 말하면 본질적으로 천박한 것으로
여겨졌다. 그런 만큼 여가가 있다는 것은 힘의 우월함을 보여주고
또 자신이 그런 천박한 일을 하지 않아도 되는 사람이라는
자기만족을 가져다주는 것이다.

— 소스타인 베블런, 『유한계급론』

미국의 경제학자 소스타인 베블런은 몰라도 '베블런 효과'는 알 것입니다.
소비자는 합리적이지 않으며 과시적인 소비로 우월감을 얻기 때문에 사치
재의 경우 가격이 상승할수록 구매자가 늘어난다는 주장입니다. 명품백의
가격이 상승해도 '오픈 런'을 멈추지 않는 현상이 여기에 해당합니다. 자본
주의 사회에서 '노동'에 대한 인식은 시대와 상황에 따라 달라집니다. 그러
나 일하지 않고도 잘 먹고 잘사는 유한계급이 되려는 욕망은 시간이 아무리
흘러도 변함이 없는 듯하네요.

우리 사회는 왜 육체 노동에 대해
부정적인 인식이 자리 잡았을까요?

첫째, 나는 학생이 모르는 것이 분해서 어쩔 줄 몰라 하지 않으면 깨우쳐 주지 않는다. 둘째, 학생이 말로 표현하려고 애쓰지 않으면 생각을 트이게 하지 않는다. 그리고 한 모퉁이를 들어 보여주었는데 나머지 세 모퉁이를 알아채지 못하는 이에겐 두 번 다시 반복하지 않는다.

— 공자, 『논어』

동양 문화권에서 공자의 영향력은 현재에도 무시할 수 없습니다. 비판적인 논쟁도 없지 않으나 『논어』에 담긴 지혜는 여전히 많은 사람에게 공감을 얻습니다. 이 글은 '술이편述而篇'에 등장하는 교육에 관한 이야기입니다. 스스로 배우고자 하는 마음과 학문에 대한 호기심이 없으면 학교도 학원도 시간 낭비에 불과하다는 사실을 기원전 공자님도 강조하셨네요. 가르치고 배우는 즐거움. 그 진정한 의미에 대해 깊이 생각해 보길 바랍니다.

공부가 즐겁고 재밌던 적이 있다면
언제, 어떤 공부를 할 때였나요?

사회생활은 본질적으로 '실천적'이며 이론 문제의 합리적 해결은
오로지 실천 속에서 발견될 수 있다.

•

지금까지 철학자들은 여러 가지 방식으로 세계를 해석하기만
해 왔다. 그러나 중요한 것은 세계를 변혁하는 것이다.

— 카를 마르크스, 『포이에르바하에 관한 테제』

찰스 다윈, 지그문트 프로이트와 함께 현대 사회에 가장 큰 영향을 미친 사
상가 카를 마르크스의 『포이에르바하에 대한 테제』는 기존 유물론에 대한
비판과 대안을 제시하고 있습니다. 세상은 이론과 인식의 문제가 아니라
오로지 실천에 의해 합리적 해결이 가능하다는 주장입니다. 생각하고 고민
하는 일도 중요하지만 직접 경험하고 능동적으로 실천하지 않으면 바뀌는
건 아무것도 없습니다. 철학은 현실을 해석하는 데 그쳐서는 안 되며 적극적
인 참여로 나와 세상을 조금씩 바꿔야 합니다.

깊이 고민하다가 행동에 옮기지 못해 후회한 일이 있나요?

4부

언젠가 떠날

우리를 위한

생각들

사람은 누구나 언젠가는 이 세상을 떠납니다. 그 사실을 떠올리면 왠지 모르게 마음이 차분해지고 겸손해지죠. 끝이 정해진 단 한 번뿐인 연극 같은 인생이라서 '잘 살아내고 싶다'는 마음일 겁니다.

오늘은 남은 인생에서 가장 젊은 날입니다. 지금 이 순간이 다시 오지 않을 시간이란 걸 생각하면 하루하루를 얼마나 소중히 여겨야 할지 조금은 느껴질 거예요. 그래서 우리는 삶과 죽음 사이, 그 어딘가에서 오늘도 조용히 '나'를 돌봐야 하지요.

이 책의 마지막 4부에는 삶과 죽음, 인생과 지혜, 운명과 영혼처럼 누구도 피해 갈 수 없는 진실을 담은 문장을 모았습니다. 순식간에 지나가는 하루하루는 마치 영화의 한 장면처럼 사라지지만 그래서 더 아쉽고 더 소중한지도 모릅니다.

이제는 누구보다 '나'를 위한 시간이 필요합니다. 조금씩 필사하면서, 한 문장씩 내 안에 새기면서 지금 이 삶을 더 충만하게 만들어 가길 바랍니다. 피할 수 없는 일이라면 가볍게 웃어넘기고 바꿀 수 있는 일이라면 주저하지 않는 편이 좋습니다. 그 끝에 무엇이 당신을 기다리든 너무 멀리 내다보며 두려워하지 않아도 괜찮습니다. 오늘 하루, 지금 이 순간에 집중하며 '나'를 위해 다정하게 이렇게 말해 주세요. "오늘도 수고했어. 정말 잘 해냈어." 이 문장이 당신을 토닥이는 작은 위로가 되길 바랍니다.

예전에는 사람들 앞에 나섰다가 질문을 받고 모르면 수치스러워 거북했는데 요즘에는 모르는 게 그리 부끄러운 일이 아니라는 생각이 들어. 그러다 보니 무리해서라도 책을 읽어보려는 마음이 안 생기는 거겠지. 간단히 말하면 늙어빠졌다는 거네.

— 나쓰메 소세키, 『마음』

일본에서 근대 문학의 아버지로 추앙받는 나쓰메 소세키는 서양 문학의 영향을 받으면서도 일본인의 정서와 사회적 현실을 깊이 있게 표현한 작품으로 유명합니다. 그의 작품은 개인의 자아 탐색과 사회적 역할 사이의 갈등을 주제로 하며 『마음』은 이러한 주제를 가장 잘 보여주고 있습니다. 이 작품은 선생님과 나 사이의 심리적 거리와 인간의 고독, 죄의식, 근대적 자아의 갈등을 섬세하게 그려냈습니다. 그중 인간이 나이가 들면서 겪는 내면의 변화를 솔직하게 묘사한 이 문장은 독자에게 자기 성찰의 기회를 주는 듯합니다.

인간은 결코 확정적이고 영원한 형태가 아니다. 오히려 하나의
시도이자 변화 과정이며 자연과 정신 사이에 놓인 좁고 위험한
다리에 지나지 않는다. 인간을 정신 혹은 신 쪽으로 몰아대는 것은
내면의 명령이며, 자연 혹은 어머니 쪽으로 돌아가도록 이끄는
것은 절실한 동경이다. 이 둘 사이에서 두려움에 떨며 동요하는
것이 인간의 삶이다.

― 헤르만 헤세, 『황야의 이리』

주인공 하리 할러는 인간은 이리의 영혼과 인간의 영혼을 동시에 지녔다고
믿으며 그 경계에서 번민하는 이리 같은 사나이입니다. 인간은 내면의 명령
에 따라 정신적 완성을 추구하면서도 동시에 자연으로 돌아가고자 하는 동
경을 품고 있습니다. 이러한 상반된 욕망 사이에서 인간은 두려움과 동요
를 경험하며 살아갑니다. 선택의 순간마다 '내면의 동경'과 '절실한 동경'의
싸움은 치열하죠. 물론 그 결과가 모여 한 사람의 인생이 됩니다. 황야의
이리처럼 고독한 존재인 '나'는 어떤 모습으로 변해가고 있는지 돌아볼 시간
입니다.

당신은 본능과 이상 사이에서 어떤 쪽을 더 자주 선택하며
그 선택에 만족하고 있나요?

이반 일리치를 가장 힘들게 했던 것 중 하나는 거짓이었다.
그가 죽어가는 것이 아니라 병이 들었을 뿐이고 안정을 취하고
치료만 잘한다면 곧 아주 좋아질 것이라고 모두 뻔한 거짓말을
해댔다. 아무리 무슨 짓을 하더라도 갈수록 심해지는 고통과
죽음밖에 남은 것이 없다는 사실을 그 자신도 이미 잘 알고
있었다.

— 레프 니콜라예비치 톨스토이, 『이반 일리치의 죽음』

이반 일리치는 곧 죽음을 앞두고 있지만 주변 사람들은 그가 단순히 병에
걸렸을 뿐이라고 말합니다. 그는 이러한 거짓된 위로에 괴로워하며 자신
의 고통과 죽음을 인정받지 못하는 현실에 분노하죠. 이러한 상황은 인간
이 죽음이라는 현실을 받아들이기보다 회피하려는 한다는 경향을 보여줍니
다. 이 작품은 19세기 러시아 사회의 위선과 인간 존재의 본질에 대한 톨스
토이의 깊은 성찰을 담고 있습니다. 특히 죽음을 앞둔 인간이 진실을 마주
하고자 하는 갈망과 주변의 거짓된 태도 사이의 갈등을 통해 독자에게 삶
과 죽음의 의미에 대해 생각하게 합니다.

가장 고통스러울 때 당신은 진실을 직면하려 하나요,
아니면 스스로를 속이려 하나요?

인생이라는 건 우스워.

어떤 부질없는 목적을 위해 무자비한 논리를 불가사의하게

배열해 놓은 게 인생이야.

우리가 인생에서 희망할 수 있는 최선은 우리 자아에 대한

약간의 앎이지. 그런데 그 앎은 너무 늦게 찾아와서 결국은

지울 수 없는 회한이나 거두어들이게 되지.

— **조지프 콘래드, 『어둠의 심연』**

조지프 콘래드는 폴란드 출신의 영국 작가로 제국주의와 인간의 어두운 내면을 탐구한 작품들을 남겼습니다. 『어둠의 심연Heart of Darkness』은 아프리카 콩고에서의 경험을 바탕으로 주인공 말로우가 식민지의 잔혹함을 통해 인간 본성을 깨닫는 이야기입니다. 주인공은 문명이라는 이름 아래 행해지는 폭력과 위선을 목격하며 인간의 본성과 삶의 목적에 대한 회의에 빠집니다. 자기 성찰과 삶에 대한 고민이 없으면 부질없는 목적을 위해 무자비한 논리를 따르다가 후회할 수 있다는 경고를 하는 듯합니다.

당신이 지금 추구하고 있는 건, 정말 당신의 삶에
의미 있는 걸까요? 아니면 그저 익숙한 목표일까요?

Day
080

모든 사람 중에서 철학에 시간을 할애하는 사람만이 진정한

여유를 누리며, 그들만이 진정으로 살고 있어요.

그들은 인생의 시간을 잘 건사할 뿐 아니라 모든 시간을 자기

인생의 시간에 덧붙일 줄도 알지요.

많은 세월이 그들 앞을 흘러갔으나

그들은 그 세월을 자기 것으로 만들었어요.

— 세네카, 「인생의 짧음에 대하여」

기원후 1세기 로마 제국은 네로 황제의 폭정과 정치적 혼란기로 세네카는 이러한 환경 속에서 내면의 평정과 자기 성찰을 통해 진정한 자유를 추구했습니다. 또한 그는 철학을 통해 시간을 가치 있게 사용하는 삶을 강조했죠. 철학을 통해 삶의 본질을 이해하고 현재를 충실히 살아가는 것이 진정한 자유를 누리는 길이라고 말입니다. 여러분은 주어진 '인생의 시간'을 제대로 살기 위해서는 무엇이 필요하다고 생각하나요. 누구에게나 공평하게 흐르는 세월을 자기 것으로 만드는 방법은 스스로 찾아야 합니다. 아무도 가르쳐주지 않습니다.

나는 내 시간을 어떻게 사용하고 있나요?
진정으로 나를 위한 시간을 보내고 있나요?

인생의 길이가 길다고 해서 그것이 가치 있는 삶이
되는 것은 아니다. 중요한 것은 얼마나 오래 사느냐가 아니라
어떻게 사느냐이다.

— 마르쿠스 툴리우스 키케로, 『노년에 관하여』

키케로는 고대 로마의 정치가이자 철학자로 공화정의 이상과 도덕적 가치
에 대한 신념이 강했습니다. 키케로가 활동하던 시기는 로마 공화정 말기였
으며 정치적 혼란과 도덕적 위기가 심각하던 시기였습니다. 그는 이러한 시
대적 배경에서 인간의 도덕적 삶과 공화정의 이상을 조화시키려고 노력했
습니다. 이 문장은 인생의 길이보다 방법과 태도가 더 중요하다는 철학적
사유를 담고 있습니다.

이따금 모든 걸 잃었다고 생각하는 순간

우리를 구원하는 신호가 온다. 모든 문을 두드려도 그 문은

어디에도 이르지 못하고, 그렇지만 우리가 들어갈 수 있는

단 하나의 문, 100년 동안 헛되이 찾았을지도 모르는 문에 알지도

못한 채 부딪치고, 그러다가 문이 열린다.

— 마르셀 프루스트, 『잃어버린 시간을 찾아서』

프랑스의 '벨 에포크' 시대가 배경인 『잃어버린 시간을 찾아서』는 귀족들의 살롱 문화를 통해 다양한 인물 군상들의 욕망과 삶의 태도를 엿볼 수 있는 작품입니다. 7권이나 되는 방대한 분량으로 잃어버린 시간을 기록한 작가의 수고와 노력이 고스란히 전해집니다. 프루스트는 현재와 과거를 잇는 회상들을 치밀하고 섬세하게 묘사했는데요. 유년 시절부터 중년에 이르는 주인공의 경험과 기억을 바탕으로 쓴 자전적 소설이라 독특한 감동과 재미를 느낄 수 있습니다. 절망스러운 현실이지만 우연히 되살아난 기억과 경험으로 현재의 고통을 이겨낼 힘을 얻기도 하지 않나요?

183

모든 인간은 포경 밧줄에 둘러싸여 살아간다.

모두가 목에 올가미를 두른 채 태어난다.

하지만 인생에 늘 조용하고 은밀하게 도사리고 있는 위험들을

인간이 깨닫는 순간은, 오직 죽음의 갑작스럽고 빠른 회오리에

휘말릴 때뿐이다.

— 허먼 멜빌, 『모비 딕』

1820년 태평양 한가운데서 포경선 한 척이 거대한 수컷 향유고래의 공격으로 침몰했습니다. 이 실제 사건을 배경으로 허먼 멜빌은 기념비적인 소설을 완성합니다. 흰고래 모비 딕을 쫓는 이슈마엘을 통해 독자들은 각자 삶의 태도를 돌아봅니다. 그는 고래가 포경선에 둘러싸여 살아가는 것처럼 인간도 목에 위험한 밧줄을 두른 채 살아간다고 비유했습니다. 이 밧줄은 삶의 위험이나 죽음을 상징합니다. 평소에는 이 밧줄의 존재를 느끼지 못하지만 갑작스러운 사고나 위기를 겪을 때 비로소 그 위험을 깨닫게 되죠. 그러므로 항상 조심하며 삶의 소중함을 잊지 않는 태도로 살아야겠습니다.

당신의 삶에서 '목에 밧줄을 두른' 것처럼 느꼈을 때는 언제였나요?

Day
084

나는 이미 넓은 바다를 향해 나아가고 돛을 활짝 폈으니 하는
말인데, 이 우주에는 영원한 것이 아무것도 없소.
모든 것은 흐르고 스쳐 지나가는 형상으로 잠시 모습을 드러낼
뿐이오. 시간도 끊임없이 움직이며 흘러가는 것이니 강물과
다르지 않소.

— 오비디우스, 『변신 이야기』

오비디우스는 로마 제국 시대의 대표적인 시인으로 『변신 이야기』를 통해 신
화와 인간의 이야기를 엮어 변화와 변형의 주제를 탐구했습니다. 제15권에
서는 철학자 피타고라스의 연설을 통해 모든 존재는 끊임없이 변화하며 시
간 또한 멈추지 않고 흐른다는 철학적 관점을 제시했죠. 이러한 사상은 고
대 그리스 철학자 헤라클레이토스의 '모든 것은 흐른다panta rhei'는 개념과
도 연결됩니다. 이 문장은 세상에 변하지 않는 것은 없다는 것을 알려주는
말입니다.

과거의 '나'와 오늘의 '나'는 무엇이 얼마나 변했나요?

인생의 말년, 즉 노년기에 이르러서는
끊임없는 즐거움의 지극히 순수한 원천을 고독으로부터 끌어낸다.
노년이 비교적 평온하고 조용한 시기, 즉 일시적인 존재와 다가올
불멸 사이에서 진지하게 성찰하는 묵상적인 휴지기로 여겨질 때
그것은 어쩌면 인간의 삶에서 가장 유쾌한 시기일지도 모른다.

— 요한 G. 치머만, 『고독에 관하여』

치머만은 18세기 스위스의 의사이자 철학자로 『고독에 관하여』를 통해 고독의 다양한 측면을 탐구했습니다. 특히 노년기에 접어들면서 고독을 단순한 외로움이 아닌 내면의 평화와 성찰의 기회로 보았습니다. 이 문장에서 치머만은 노년기를 "지속적인 즐거움의 가장 순수한 원천을 고독에서 끌어낼 수 있는 시기"로 묘사합니다. 그렇게 바라본다면 노년은 단지 늙어가는 시간이 아니라 지혜롭고 평화로우며, 어쩌면 가장 행복한 시기가 될 수 있도 있지 않을까요?

혼자 있는 시간이 주어졌을 때
당신은 당신 자신과 좋은 친구가 될 수 있나요?

맹자께서 말씀하셨다.

"남을 사랑하더라도 남이 친하게 여기지 않으면 그 이유를
되돌아보고, 남을 다스려도 다스려지지 않으면 자신의 지혜를
돌이켜보고, 남에게 예로 대해도 답례하지 않으면 자신의
공경하는 마음을 돌이켜보아야 한다. 행했는데도 얻지 못하는
것이 있으면 모두 자신에게 돌이켜 구해야 하니,
그 자신이 바르게 되면 천하가 귀의하게 되는 것이다."

— 맹자, 『맹자』(이루상 편)

맹자는 인간의 본성이 선하다는 성선설을 주장하며 도덕적 수양과 자기 성
찰을 통해 이상적인 인간과 사회를 이룰 수 있다고 보았습니다. 이 문장에
서 맹자는 타인과의 관계에서 문제가 발생했을 때 그 원인을 외부에서 찾
기보다 자신의 내면을 돌아보아야 한다고 강조합니다. "세상만사 모두 내
탓이오."라고 외칠 수는 없으나 대개 문제의 원인은 '나'에게 있습니다. 어
떤 말과 표정, 행동과 태도가 어떤 결과를 초래하는지 우리는 잘 알고 있습
니다. 언제나 그렇지만 아는 것보다 실천이 중요한 법입니다.

다른 사람과의 문제에서 내가 먼저 바르게 행동했는지
스스로 물어본 적이 있나요?

Day
087

젊은이, 자네는 아직 젊지 않은가.

이제는 다른 이들의 소문을 믿지 않고 자네 스스로 세상에서

일어나는 일들을 판단하는 것을 배우게 될 때가 된 것이네.

들은 것은 아무것도 믿지 말고, 눈으로 보는 것은 절반만 믿게.

— 에드거 앨런 포, 『타르 박사와 페더 교수의 광인 치료법』

에드거 앨런 포는 19세기 미국의 작가로 당시 사회의 문제점이나 인간의 어두운 면을 소설로 풍자했습니다. 『타르 박사와 페더 교수의 광인 치료법』도 그런 의도를 담고 있지요. 정신병원을 방문한 주인공이 이상한 치료법을 목격하면서 벌어지는 이야기죠. 처음엔 모든 게 정상처럼 보이지만 점점 진실이 드러나면서 상황이 뒤바뀝니다. 이 작품은 겉모습이나 소문에만 의존하지 말고 스스로 판단하는 능력을 길러야 한다는 메시지를 담고 있습니다. 세상살이와 인간관계의 기본으로 삼아도 좋은 원칙입니다.

최근에 의심 없이 받아들인 '진실'은 무엇인가요?
그걸 다시 생각해 볼 수 있을까요?

인간은 간혹 충족할 수 있을지 없을지 모르는 욕망을 위해
일생을 바쳐 버리기도 한다.
그것을 어리석다고 비웃는 자는 필경, 인생에 대한 방관자에
불과할 것이다.

— 아쿠타가와 류노스케, 『마죽』

20세기 초 일본의 대표적인 작가 아쿠타가와 류노스케의 단편소설 『마죽』
에 등장하는 문장입니다. 이 소설에서 주인공 오위는 평생 동안 마죽을 실
컷 먹는 꿈을 꾸며 살아갑니다. 하지만 실제로 마죽을 마음껏 먹게 되자 기
대했던 만족감을 느끼지 못하고 허무함을 느끼게 되지요. 인간의 욕망과
그 욕망을 이루었을 때의 공허함을 통해 욕망의 본질과 인간의 심리를 보
여주고 있습니다.

남이 비웃는다고 해서 포기한 꿈은 없나요?
지금이라면 다시 도전해 볼 수 있을까요?

Day
089

인간은 자유롭게 태어났지만 어디서나 쇠사슬에 묶여 있다.

다른 사람들보다 더 노예가 되어 있으면서도

자기가 그들의 주인이라고 믿는 자들이 있다.

어떻게 해서 이처럼 뒤바뀐 생각을 하게 되었을까?

—장 자크 루소, 『사회계약론』

루소가 살던 시대에는 왕과 귀족이 모든 권력을 가졌습니다. 그런데도 많은 사람이 이를 당연하다고 믿었습니다. 루소는 이런 생각을 잘못된 착각이라고 말합니다. "왜 어떤 사람은 다른 사람의 지배를 받으면서도 자유롭다고 믿지?"라고 묻고 있죠. 루소는 '진짜 자유'란 내가 하고 싶은 대로 막 사는 게 아니라 모든 사람이 평등하게 규칙을 만들고 서로를 존중하는 사회에서 살아가는 것이라고 보았습니다. 그래서 사람들이 모여서 서로 약속을 하고 모두를 위한 규칙을 만들어 함께 지켜나가는 '사회계약'을 제안했지요.

만약 지금 이 사회의 규칙을 직접 만들 수 있다면
무엇부터 바꾸고 싶은가요?

세상의 모든 사기꾼은 자기 자신을 속이는 사기꾼에 비하면
아무것도 아닌 존재다.
그런데 나는 그런 터무니없는 구실들을 만들어 내면서까지
나 자신을 속였다. 정말 이상한 일이었다.

— 찰스 디킨스, 『위대한 유산』

『위대한 유산』에서 주인공 핍이 자신의 행동을 반성하며 한 말입니다. 핍은
가난한 환경에서 자랐지만 익명의 후원자로부터 지원을 받아 신사로서의
삶을 시작합니다. 그러나 점차 자신의 출신을 부끄러워하고 자신을 아껴주
는 사람들을 멀리합니다. 핍은 자신이 원하는 삶을 살고 있다고 믿었지만
실제로는 허영심과 사회적 지위에 대한 욕망에 사로잡혀 있었습니다. 이 문
장에서 핍은 세상에 존재하는 모든 사기꾼보다 자신을 속인 자신이 더 큰
사기꾼이었다고 고백합니다. 이러한 자기기만은 당시 영국 사회의 계급 구
조와 신분 상승에 대한 욕망을 반영합니다.

자기 자신에게 숨기고 있는 감정이나 생각이 있다면
그것은 무엇인가요?

절망하지 마시오. 친구가 없다는 것은 분명 불행이지요.

그러나 인간의 마음은 명백한 이기심으로 편견에 젖어 있지

않다면 동포애와 자선이 넘친다오.

그러니 희망에 의지하도록 해요.

친구들이 선하고 사랑스러운 사람들이라면 절망하지 마십시오.

— 메리 셸리, 『프랑켄슈타인』

메리 셸리의 소설 『프랑켄슈타인』에서 헨리 클레발이 친구 빅터 프랑켄슈타인을 위로하며 하는 말입니다. 빅터는 과학 실험 중 창조한 괴물로 인해 큰 고통을 겪고, 친구와 가족마저 잃은 채 절망에 빠져 있습니다. 이때 헨리는 빅터에게 인간의 본성은 이기적이지 않으며 진정한 친구들은 선하고 사랑스러운 사람들임을 상기시키며 희망을 잃지 말라고 격려합니다. 어려운 상황에 처했을 때 주변 사람들의 진심 어린 위로와 지지가 얼마나 큰 힘이 되는지를 보여주는 말이죠. 또한 인간의 본성은 선하다는 믿음을 갖고 서로를 이해하고 도와야 한다는 메시지를 담고 있습니다.

친구가 힘들 때 당신은 무엇을 해줄 수 있나요?

가혹한 운명의 손아귀 속에서도

나는 움츠리거나 소리 내어 울지 않았다.

우연이라는 몽둥이질 아래에서도

내 머리는 피로 물들었지만, 결코 숙이지 않았다.

— 윌리엄 어니스트 헨리, 「인빅투스」

영국의 시인 윌리엄 어니스트 헨리는 16세에 결핵으로 다리를 절단하는 시련을 겪었습니다. 이러한 고통 속에서 그는 불굴의 의지를 담은 시 「인빅투스」를 썼습니다. 이 시는 빅토리아 시대의 스토아 철학을 반영하며, 역경 속에서도 꺾이지 않는 인간의 정신력을 강조합니다. 특히 "내 머리는 피로 물들었지만, 결코 숙이지 않았다.My head is bloody, but unbowed."라는 구절은 고난 속에서도 자존감을 잃지 않는 태도를 상징합니다.

당신은 최근 어떤 역경 속에서
꺾이지 않는 의지를 발휘한 경험이 있나요?

이 모든 견해에서 죽음과 관련된 것은 없다.

모든 감각은 생명과 함께 사라지며 죽은 자에게는 감각이 없다.

그러므로 죽음은 우리와 무관하다.

— 마르쿠스 툴리우스 키케로, 『투스쿨룸 대화』

키케로는 로마의 정치가이자 철학자로 그리스 철학을 로마에 소개하는 데 큰 역할을 했습니다. 『투스쿨룸 대화』는 키케로가 기원전 45년에 지은 철학적 대화록으로 총 5권으로 구성되어 있으며 각 권은 죽음, 고통, 슬픔, 감정의 동요, 행복한 삶에 대해 다룹니다. 이 문장에서 키케로는 죽음이 우리에게 영향을 미치지 않는다고 말합니다. 그 이유는 감각이 생명과 함께 사라지며 죽은 자는 감각이 없기 때문입니다. 따라서 죽음은 우리와 무관하다는 결론에 이릅니다. 이러한 주장은 에피쿠로스 학파의 영향을 받은 것으로 죽음에 대한 두려움을 없애고자 하는 철학적 노력의 일환입니다.

오늘이 마지막이라면 당신은 무엇을 더 깊이 느끼고 싶은가요?

다른 사람이 존재할 가능성만으로도

우리는 자신을 하나의 객체로 바라보게 되고

세상을 타인의 시선으로 보게 된다.

─ 장폴 사르트르, 『존재와 무』

이 문장은 우리가 다른 사람을 의식하는 순간 스스로를 '내가 아닌 것처럼', 마치 밖에서 보는 것처럼 느끼게 된다는 뜻입니다. 예를 들어 혼자 있을 땐 편하게 행동하지만 누군가가 보고 있다고 느끼면 갑자기 '내가 어떻게 보일까?'를 신경 쓰게 되죠. 그 순간 나는 내가 느끼는 '나'가 아니라 남이 보는 '나'가 되어 버립니다. 이렇게 우리는 남의 시선 때문에 자기 자신을 낯설게 보게 되고 자유롭게 행동하기 어려워지기도 합니다. 사르트르는 이런 상태를 문제로 보았습니다. 왜냐하면 진짜 '나'는 내가 선택하고 행동할 때 생기는 것인데, 타인의 시선에 맞추다 보면 진짜 나로 살기 어렵기 때문입니다.

혼자 있을 때와 사람들 앞에서의 나는 얼마나 다르나요?
그 차이는 왜 생겼을까요?

죽음은 우리에게 아무것도 아니다.

우리가 존재할 때는 죽음이 존재하지 않고

죽음이 존재할 때는 우리는 존재하지 않기 때문이다.

그러니 죽음은 살아 있는 자에게도, 죽은 자에게도 아무것도

아니다. 살아 있는 자에게는 죽음이 존재하지 않고

죽은 자는 더 이상 존재하지 않기 때문이다.

— 루크레티우스, 『사물의 본성에 관하여』

로마의 시인이자 철학자인 루크레티우스는 에피쿠로스 학파의 영향을 받아 죽음을 두려워할 필요가 없다고 주장했습니다. 우리가 살아 있을 때는 죽음이 오지 않았고 죽음이 오면 우리는 이미 이 세상 사람이 아니므로 죽음은 우리랑 절대 '같이' 있을 수 없다는 거죠. 죽음은 감각의 중단이기에 고통도 존재하지 않으며, 생이 끝난 이후의 '무無'는 두려워할 대상이 아니라고 봅니다. 루크레티우스는 이러한 관점을 통해 죽음에 대한 공포에서 벗어나는 것이야말로 자유롭고 평온한 삶을 위한 첫걸음이라고 주장했습니다.

죽음을 걱정하지 않는다면,
나는 오늘 무엇을 다르게 선택할까요?

너희들의 말은 무엇보다 뻔뻔스러워서는 안 되며,

정숙한 이마와 차분한 눈에는 허영심이 비쳐 나와서도 안 된다.

주제넘어서도 안 되고 말을 장황하게 늘어놓아서도 안 된다.

그런 태도는 미움을 사게 마련이다. 명심하고 겸손하라.

— 아이스퀼로스, 『탄원하는 여인들』

고대 그리스의 3대 비극 작가 중 한 명인 아이스퀼로스는 『아가멤논』, 『테바이를 공격한 일곱 장수』 등의 작품을 남겼습니다. 『탄원하는 여인들』은 제우스 신과 사랑을 나눈 이오의 자손들 이야기입니다. 이오의 자손 아깁토스와 다나오스는 각각 아들 50명, 딸 50명을 낳았습니다. 문명과 야만으로 상징되는 50명의 딸과 50명의 아들이 대립하는 구성이죠. 세상을 살아가면서 수많은 조언과 충고를 듣지만 인간에 대한 예의와 겸손한 태도는 바뀌는 법이 없습니다. 나이 들어가면서 성숙한 인격과 타인을 배려하는 마음은 가장 중요한 노후준비가 아닐까요.

삶과 죽음을 떠나
가장 인간적이고 '나'다운 덕목은 무엇일까요?

어느 성性에게나 삶은 힘들고 어려운 영속적인 투쟁입니다.

그것은 어마어마한 용기와 힘을 요구합니다.

그리고 우리같이 환상을 지닌 피조물에게 그것은 아마 다른

무엇보다도 자기 자신에 대한 자신감을 필요로 할 겁니다.

자신감이 없다면 우리는 요람에 누운 아기와 마찬가지입니다.

이 측정할 수 없이 가벼운, 그러나 무한한 가치가 있는 자질을

어떻게 해야 가장 신속하게 획득할 수 있을까요?

— 버지니아 울프, 『자기만의 방』

영국의 소설가이자 수필가인 버지니아 울프는 당대의 저명한 학자, 소설가, 예술가들과 교류하며 역사, 정치, 페미니즘 등의 문제에 대해 문제의식을 느꼈습니다. 기존 소설의 형식을 깨는 파격적인 작품을 남겼으며 『자기만의 방』을 통해 가부장제와 성적 불평등에 대한 예리한 통찰을 선보였습니다. 남성 중심 사회에서 여성에게 필요한 '자신감'을 강조한 문장입니다. 자신이 가진 자질과 가치를 스스로 높이 평가할 때 세상을 살아갈 용기와 힘이 생긴다는 조언입니다.

당신이 가진 뛰어난 재능과 가치는 무엇인가요?

철학자는 죽음을 연습하는 사람이다.

육체의 욕망에서 벗어나 영혼의 순수함을 추구하는 것이

철학의 본질이다. 죽음은 영혼이 육체로부터 완전히 분리되는

상태이므로 철학자는 삶을 통해 죽음을 준비한다.

— 플라톤, 『파이돈』

고대 그리스의 철학자 플라톤의 『파이돈』은 소크라테스가 사형을 앞두고 제자들과 나눈 마지막 대화를 담고 있습니다. 소크라테스는 철학자가 육체의 욕망과 감각을 넘어서 영혼의 순수함을 추구한다고 말합니다. 영혼이 육체로부터 완전히 분리되는 상태가 죽음이며 철학자는 삶을 통해 죽음을 준비한다는 의미죠. 즉 철학은 단순한 지식의 추구가 아니라 영혼을 정화하고 진리를 향한 삶의 방식입니다. 이는 물질적 가치보다 정신적 가치를 중시하는 당시 아테네 철학자들의 태도를 반영합니다.

4부. 언젠가 떠날 우리를 위한 생각들

욕망을 따라 사는 나와 영혼의 소리를 따르는 나 중
누가 더 진짜일까요?

기억하라. 당신은 연극의 배우이고 극작가가 만들어낸
등장인물을 연기해야 한다. 그가 짧은 연극을 원한다면 짧을
것이요, 긴 연극을 원한다면 길 것이다. 그가 거지 역할을
바란다면 그 역할을 잘 해내야 한다. 그가 불구자, 우두머리,
혹은 평범한 사람의 역할을 맡기더라도 잘 해내야 한다.
그것이 당신의 의무다. 당신에게 할당된 역할을 수행하라.
하지만 배역 선택의 권한은 다른 이에게 있다.

— 에픽테토스, 『담화록』

고대 로마 시대의 스토아 철학을 대표하는 에픽테토스는 인간의 삶을 연극
에 비유하며 각자 주어진 역할에 충실히 수행하라고 조언합니다. 주어진 인
생에서 어떤 역할을 맡았든 그걸 잘 해내는 게 우리의 의무라는 의미죠. 이
런 생각은 개인의 삶이 사회적 환경에 크게 영향을 받았던 당시 로마 시대를
반영합니다. 에픽테토스는 개인이 통제할 수 없는 외부 상황보다는 자신의
태도와 행동에 집중하여 살아가야 한다고 강조합니다. 거스를 수 없는 운
명을 받아들이라는 에픽테토스의 충고는 오늘을 사는 우리에게도 적지 않
은 공감과 위로를 전해줍니다.

삶이 연극이라면,
나는 지금 어떤 장면을 연기하고 있나요?

Day
100

삶이 있기에 죽음이 있고 죽음이 있기에 삶이 있다.

가능함이 있기에 불가능함이 있고

불가능함이 있기에 가능함이 있다.

옳음이 있기에 그름이 있고 그름이 있기에 옳음이 있다.

— 장자, 『장자』(제물론)

장자는 기원전 4세기경 중국 전국시대의 철학자로 도가 사상을 대표하는 인물입니다. 그는 세상 만물이 서로 연결되어 있으며, 절대적인 것은 없다고 보았습니다. 삶과 죽음, 가능과 불가능, 옳음과 그름 등 서로 대비되는 사물과 현상도 경계가 명확하지 않으며 홀로 존재할 수 없다고 했습니다. 이런 관점으로 세상을 더 넓고 유연하게 바라보면 어떨까요? 예를 들어 실패가 없으면 성공도 의미가 없으며 슬픔이 없으면 기쁨도 느낄 수 없겠죠. 장자는 이렇게 상대적이며 상호 의존적인 세상에 대한 깨달음을 전했습니다. 이를 통해 우리는 더 깊고 조화롭게 살아갈 수 있는 지혜를 얻을 수 있습니다.

내가 실패라고 생각했던 일은
나에게 어떤 새로운 가능성을 열어주었나요?

내가 나를 잘 돌보는 중입니다

초판 1쇄 발행 2025년 6월 10일

지은이 류대성

펴낸이 윤주용
편집 도은주, 류정화, 박미선 | 마케팅 조명구 | 홍보 박미나

펴낸곳 초록비책공방
출판등록 2013년 4월 25일 제2013-000130
주소 서울시 마포구 동교로27길 53 308호
전화 0505-566-5522 | 팩스 02-6008-1777

메일 greenrainbooks@naver.com
인스타 @greenrainbooks @greenrain_1318
블로그 http://blog.naver.com/greenrainbooks

ISBN 979-11-93296-87-5 (03800)

어려운 것은 쉽게 쉬운 것은 깊게 깊은 것은 유쾌하게

초록비책공방은 여러분의 소중한 의견을 기다리고 있습니다.
원고 투고, 오탈자 제보, 제휴 제안은 greenrainbooks@naver.com으로 보내주세요.